中国青少年枕边书

RANG QINGSHAONIAN SHOUYI YI SHENG DE
GUSHI QUANJI

让青少年受益一生的故事全集

[智慧卷]

总策划／邢 涛　　主 编／龚 勋

人民武警出版社

目录

第一章 智慧故事

ZHONGGUO QINGSHAONIAN ZHEBIANSHU

让青少年受益一生的故事全集

MULU

1 第一章

智慧故事

　　每个人都羡慕充满智慧的人，每个人都希望自己无比聪明。其实，只要用心，我们就可以找到智慧的钥匙。你知道爱迪生在妈妈做手术光线太暗的情况下是怎样运用智慧解决问题的吗？你知道神机妙算的诸葛亮为什么能在三天之内造出十万支弓箭吗？你知道刘伯承带领少量士兵遇到强敌追击时，究竟采取了什么高招来脱险的呢……这一个个精彩的故事，为我们开启了一扇扇智慧的大门。走进智慧海洋吧，让我们尽情沐浴在智慧的光芒中。

阿凡提智惩财主

从前，有一个十分贪婪的财主。他雇佣了许多工人给自己干活，但对待工人却无比苛刻，每天天不亮就把他们叫起来干活，可直到天黑尽了才让他们休息。不仅如此，他还总是找茬儿克扣他们的工钱。这样一来，谁也不愿意给他干活了。

阿凡提听说了这件事后，决定惩罚一下这个财主，就找到财主并对他说："老爷，我最近手头有点紧，帮帮忙让我给您干活吧。"正愁没人干活儿的财主乐坏了，忙问："好呀，可工钱怎么算呢？"阿凡提说："您愿意给我多少就给多少吧。"财主一听，高兴极了，忙满口答应下来。

一天，财主对阿凡提说："我有事要出去。我不在家的时候你要把院子打扫干净。我回来的时候院子的地面要是湿的，大门也要看好。听清楚了吗？"阿凡提说："好的，没有问题！"财主于是放心地走了。

中午，财主从外面回来了。他刚迈进院子，就滑倒在地上。

"阿凡提！阿凡提！"财主生气地大喊。阿凡提走出来问："老爷，您有什么吩咐？""这院子里怎么这么滑？我不在的时候你究竟都干了什么？"财主咆哮道。

阿凡提不慌不忙地回答道："您不是说，等您回来院子里必须是湿的嘛，所以我就把油洒在地上了。还有，您让我看好大门。您瞧，我一直把它背在背上，好让它一点损坏都没有。"

财主这才发现大门被卸下来了，正被阿凡提扛在背上，顿时被气了个半死。

心智启迪　　阿凡提为了惩罚贪婪的财主，故意抓住财主讲话的漏洞，曲解他的意思。"地面要是湿的"，被阿凡提故意理解为只要把地面弄湿就可以了，所以他把油都泼到了院子里；"大门也要看好"，被阿凡提理解为不让大门受到损坏，所以他把门拆了下来。阿凡提通过这些小计策，狠狠惩罚了贪婪的财主。

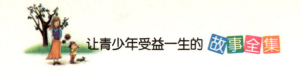
爱迪生救妈妈

　　爱迪生是20世纪美国最杰出的发明家，他的天才头脑在童年时就显现出来了，而他当发明家的梦想也是缘于童年时的一次突发事件。

　　一个大雪天的夜晚，爱迪生的妈妈突然病了。爸爸赶紧请来了医生。经过检查，医生查出爱迪生的妈妈得的是急性阑尾炎，需要马上做手术。做手术需要充足的光线，当时，电灯还没有发明，家家户户都是用油灯来照明。可用光线很暗的油灯照明做手术很危险，所以医生非常犹豫。

　　妈妈的痛苦在加剧，爸爸在一旁急得直搓手。时间一分一秒地过去了，爱迪生焦急地站在一旁。突然，他眼睛一亮，说："医生，我有办法了，您准备动手术吧。"说完，他跑了出去。一会儿，他回来了，手上多了好几盏油灯，原来他向邻居借油灯去了。爱迪生点亮了所有的油灯，然后又在油灯后放了许多面镜子。这样，灯光射到镜子里，镜子再反射出灯光，屋子里顿时亮堂多了。

　　结果，医生顺利地做完了手术。他用赞许的语气对爱迪生说："孩子，是你用智慧救了你的妈妈。"妈妈醒来了，虚弱的脸上露出了自豪的笑容。爱迪生握着妈妈

的手，一本正经地说："妈妈，晚上没有太阳多不方便，我要造一个晚上的'太阳'。"

后来，经过不懈努力，爱迪生终于发明了晚上的"太阳"——电灯。

什么是智慧？智慧就是开动脑筋，在平凡中创造奇迹。爱迪生用自己的智慧成功地使妈妈脱离危险，后来还成了举世瞩目的大发明家。这和他从小喜欢动脑筋是分不开的。这个故事告诉我们：生活中没有不可能完成的事情，只要你积极开动脑筋，"奇迹"就可能发生。

爱因斯坦和司机

爱因斯坦是举世闻名的物理学家，他的"相对论"轰动了科学界。人们常常邀请他作报告，由于连日的奔波劳累，爱因斯坦的身体有些吃不消了。

一天，他又乘着自己的汽车到一个大学作报告。在途中，爱因斯坦突然感到一阵头晕，不禁担心地说："看来，今天的报告恐怕是讲不成了。"

开车的司机自告奋勇地说："博士，我听过你的课大概有三十多次了，你讲的这些内容我都会讲了。不如这场演讲就由我来代劳吧。"

"好吧，"爱因斯坦见司机一脸诚恳，便答应着，"一会儿到了大学校园里，我换上你的帽子充当司机，而你就自称是爱因斯坦去讲课。你不用担心，那所大学里

的人都不认识我。"

司机照着爱因斯坦的话去做，果然，台下的学生丝毫没有怀疑他的真实身份。司机也很顺利地讲完了相对论，而且演讲得非常精彩。

正当司机准备离开时，一位教授请他解答一个复杂的问题。司机知道这个问题是他无法解答的，于是他想了一个巧妙的办法。他故作轻松地笑了笑，说："你问的这个问题实在太简单了，就连下面我的司机都能回答这个问题。不信，你去问问他。"

司机虽然可以将爱因斯坦的话倒背如流，然而，模仿毕竟是模仿，他始终无法理解其中的含义，所以当他面对多变的问题时，就会束手无策了。想想看，这几天老师所讲的知识，你都理解了还是像爱因斯坦的司机一样只是懂得了一些"皮毛"呢？

包公断案

一天早晨，包公正在公堂上批阅公文。突然，两个人拉拉扯扯地走进了大堂。其中一个是小商贩，他一手提口铁锅，一手紧揪住对方的衣襟；被揪的是个跛子，仅有一条手臂。

商贩状告跛子偷了他的铁锅。跛子急忙申辩说："大人，冤枉呀！我是个残废，铁锅这么沉，我如何拿得起呀，又怎么偷得走呢？"

包公听了两人的话，也发起愁来。他想了一会儿，忽然拿起惊堂木，重重一拍，对商贩大声喝道："大胆刁民，那跛子手脚都残废了，怎么能偷你的铁锅？分明是你诬告好人！"接着，包公又对跛子说："他诬告你，我会重重罚他的。现在，这口铁锅赏给你了，你拿回去吧。"

跛子一听，非常高兴，心想："都说包公断案如神，其实是个糊涂蛋。我偷锅不但没罪，而且还受到了奖赏哩。"

他一边想着，一边高高兴兴地走到铁锅前，用那左手

抓住锅口，用力一提，大锅顺顺当当地
被他顶在头上了。他挺直腰，一颠一跛，得意扬扬地向外走去。

　　包公把这一切看在眼里，心中全然明白。他拿起惊堂木，又
是猛地一拍，大声喝道："把这个小偷给我拿下！"跛子这才明
白自己中计了，他只得乖乖地招认偷窃的罪行。

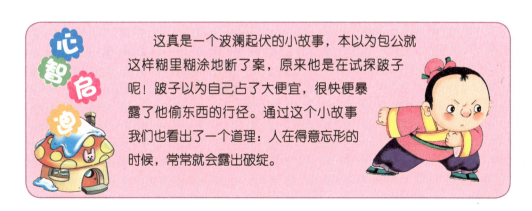

心智启迪

　　这真是一个波澜起伏的小故事，本以为包公就
这样糊里糊涂地断了案，原来他是在试探跛子
呢！跛子以为自己占了大便宜，很快便暴
露了他偷东西的行径。通过这个小故事
我们也看出了一个道理：人在得意忘形的
时候，常常就会露出破绽。

冰城拒敌

公元999年的冬天，辽国的十几万军队包围了大宋朝的遂城。大宋将领杨延昭指挥手下两千多名将士，打退了辽军一次又一次的进攻。一个多月过去了，辽军仍未退兵。而这时，宋军内无粮草、外无救兵，处境十分危急。杨延昭忧心如焚。

一天傍晚，杨延昭在城楼上巡视，看到城下水井旁有几个妇女在用水桶吊水。突然，一个妇女摔倒在井口旁。周围的妇女赶紧过去扶她，却同样摔倒了。原来，由于天太冷，井旁的水都结成了薄冰，地面变得十分光滑。人走在上面，稍有不慎，就会摔倒。

看到这一幕，杨延昭忽然计上心来。他吩咐手下："通知全城百姓在今夜三更之前，用水把城墙周围浇遍。"

大家听了将军的指令，虽然感到莫名其妙，但还是齐心协力地干了起来。

天亮了，城墙和城外的地

上早已经结了厚厚一层冰，远远望去，整个遂城就像一座水晶城。辽军刚走到城边，就跌得人仰马翻，更不用说攻城了。无奈之下，他们只好撤兵了。

心智启迪　面对敌众我寡的形势，杨延昭不费丝毫兵力击退了敌军。由此可见，智慧的力量是无穷的！想想看，你在学习中是不是常常会遇到一些难题，绞尽脑汁也找不到解决的答案？不妨学学故事中的杨延昭，想想别的方法，独辟蹊径，也许就会找到难题的突破口了！

博物院失火

　　法国一家报社为了提高发行量，策划了一个有奖竞猜的活动。他们在报纸上刊登了这样一个有趣的题目："如果有一天，法国的卢浮宫突然燃起了大火，而当时的条件只允许从宫内多件艺术珍品中抢救出一件，你会选择哪一件呢？"

　　自从这个活动公布以后，他们的报纸受到了全国人民的关注，每天有数以万计的读者给报社来信。大家众说纷纭，每个人的说法似乎都有一定的道理。有的说："抢救达·芬奇的《蒙娜丽莎》，那可是绝世珍品啊！"有的说："应该最先抢救米罗的维纳斯，那可是人类文明的象征、女性美的化身啊！"

　　其实，卢浮宫里的每一件收藏品都可以说是举世无双的瑰宝。面对众说纷纭的答案，编辑们也有点为难。要从众多的答案中找出一个恰如其分地符合命题的答案，真的太难了。就在编辑们左右为难的时候，一个

　　小学生的答案令编辑们一致拍案叫绝。他写的答案是："选择离门最近的那一件。"

　　是啊！卢浮宫里有数不尽的珍品，很难衡量哪一件最珍贵。与其说浪费时间选择，不如抓紧时间抢救一件算一件。那么，离门最近的那一件，必然就是抢救成功机率最高的了。

　　看了这个题目，你是怎么做出选择的呢？是不是也选择了离门最近的那一件呢？再想一想，你最近有没有给自己定什么目标？这些目标是否符合实际？这个小故事告诉我们，最佳的选择往往不是最绚丽诱人的那个，而是离你最近、最容易实现的那一个。

布满伤疤的苹果

一场突如其来的冰雹，让贝利愁眉不展。贝利是远近出了名的栽果好手，他种的高原苹果色泽红润，味美可口，供不应求。

然而今年，他刚刚签下了一份合同，就遇到了这种倒霉的天气。望着不远处的果林，贝利忧心忡忡：如果他不能够按期交货，就必须按照合同一一赔款。

冰雹终于停了，贝利急切地冲到果园一看，所有的苹果都被冰雹砸开了许多伤口。按照合同，这样的苹果是无法销售的。这对贝利来说，无疑是一场毁灭性的灾难。

大约又过了一个月的时间，这些苹果成熟了，"伤口"也渐渐愈合起来。不过，它们的样子却一点也不可爱，个个都布满了伤疤。贝利随手摘下一个苹果品尝，意外地发现这些被冰雹打击过的

苹果反而变得清脆异常、酸甜可口。

这时，贝利的脑子里突然闪现了一个好主意，他决定以伤疤为标志来推销自己的苹果。于是，他写出了这样的一则广告：

"亲爱的顾客，您们注意到了吗？在我家的苹果上有一道道的伤疤，这是上帝馈赠给我们高原苹果的吻痕。高原常有冰雹，高原苹果才有美丽的吻痕，也正是因为这样，高原苹果的味道才会如此独特、香甜。请记住我们的正宗商标——伤疤苹果！"

这样的广告一经打出，立即引起轰动，苹果商们争先恐后地来订购布满伤疤的苹果。原来曾经让贝利一家人感到绝望的苹果很快便销售一空。

伤痕累累的苹果对于贝利来说，无疑是一场灾难。然而，他却独具慧眼，在苹果的"伤痕"上大做文章，从而使自己的苹果成为畅销品。这个故事告诉我们，有些困难可能恰恰是成功的前提条件，当你遇到困难的时候，不妨想想伤疤苹果吧，或许你会从中得到启迪，找到解决的好办法。

参天大树

东汉末年，南昌有个名叫徐雅的儿童，虽然年仅十一岁，但他聪明伶俐，善于辩驳，连大人们都很服气。

一次，有个叫郭林宗的老先生邀请徐雅到他家做客。徐雅刚踏进他的庭院，见老先生在叫一些人砍院中的一棵大槐树。

徐雅说："郭伯伯，你瞧这树长着圆形的枝盖，挂满了墨绿色的叶子，像一个巨大的华盖，夏日遮掉骄阳，冬天挡住狂风，它显得那样生机勃勃，得天独厚，多么可爱啊！您却要除掉它，这不是太可惜、太残忍了吗？"

郭林宗先生摇头晃脑他说："最近我

看了一本书，书中说：'庭院天井四方方，方方正正口字状，院子当中如有木，木在口中不吉祥。'你想，木在口中，不是一个'困'字吗？谁愿在困境之中生活呢？"

徐雅觉得老先生的说法实在太可笑了，就一本正经地对他说："先生，我最近也看了一本书，书中说'房屋造得四方方，方方正正口字状，房屋当中如住人，人在口中不吉祥'。你想，人口中，不是一个'囚'字吗？谁愿囚禁在牢房之中呢？所以说，如果因为'困'字不吉利，就要把庭院中的树木锯掉，那么'囚'字就更不吉利了，房屋之中也就不能住啦！"

郭林宗听后哈哈大笑起来，连连摆手，叫大家不要砍树了。

徐雅是不是很厉害，他只简短地说了一句话，便使郭林宗改变了主意。由此可见，所谓的巧妙辩驳和思路并不是凭空想象的，这一切都需要文化知识的积累。所以，如果你也想像徐雅这样机智，那么平时一定要脚踏实地地学习。

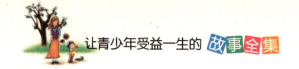

曹冲称象

曹冲是三国时期魏王曹操的儿子，他自小就聪颖过人，喜欢动脑筋。

有一年，东吴的首领孙权送给曹操一头中原罕见的大象，曹操十分高兴。大象运到都城许昌的那天，曹操带领文武百官和小儿子曹冲一同去看。

曹操很想知道这头大象有多重，就叫他手下的官员想办法把大象称一称。这可把大家难坏了，大象那么大，没有那么大的秤盘，就算是有，也没人能把大象抬起来呀！官员们都围着大象发愁，谁也想不出称象的办法。

这时，曹冲走过来说："父王，我倒有个好主意。只要把大象放进船里，在水痕到达船舷的地方做记号，然后往船里放石头，直到水没到船舷上做记号的地方，然后再称一下石头的重量，就能知道大象的重量了。"

曹操一听连连叫好，吩咐左右立刻准备称象。

众大臣跟随曹操来到河边，只见河里已经准备好了一艘大船。曹冲叫人把象牵到船上，等船身稳定了，在船舷上齐水面的地方，刻了一条线。接着，他叫人把象牵上岸，然后把大大小小的石头往船上装，船身就慢慢往下沉。等船身沉到刚才刻的那条线和水面一样齐了，曹冲就叫装石头的人停下来。然后，他命人将船上所有的石头一块一块地称出来，再将所有石头的重量加起来，终于得出了大象的重量。

大臣们看到曹冲小小年纪就这么聪明，对他赞不绝口。

心智启迪

当大家听说要称一头大象的重量时，每个人首先想到的就是上哪能找到足够大的称。而聪明的曹冲则摆脱了这种思路的束缚，从而非常轻松地解决了这道难题。平时，我们在做事的时候也应该尝试着用一种新的方法来解决，或许你会从中发现更好的办法呢！

草船借箭

三国时期，东吴和蜀汉联合对抗曹操。东吴都督周瑜看到蜀汉丞相诸葛亮很有才干，心里很嫉妒，就想法子刁难他。一次，周瑜请诸葛亮商议军事，说："眼看就要与曹军交战了，可我们的弓箭还不够，所以想请先生在十天之内造好十万支弓箭。"诸葛亮笑笑说："十天，恐怕会误了大事，给我三天时间就够了。"

诸葛亮请东吴的参谋鲁肃帮忙，并对他说："希望先生你帮我准备二十条船，每条船上安排三十名军士。船用布幔子遮起来，还要一千多个草把子，排在船的两边。"

鲁肃答应了，到第三天凌晨，诸葛亮悄悄把鲁肃请到船里，说是请他一起去取箭。鲁肃很纳闷，只见诸葛亮命人把所有的船连接起来，朝曹军水寨开去。

这时候，大雾弥漫，江上什么都看不清。等船靠近曹军的水寨后，诸葛亮下令把船一字摆开，又叫船上的军士一边擂鼓，一边大声呐喊。曹操听到鼓声和呐喊声，以为对方来进攻，又因雾大怕中埋伏，就下令说："江上雾很大，我们看不清虚实，

不要轻易出动，让弓弩手朝他们射箭。"一时间箭如雨下。

　　过了一会儿，诸葛亮又命船掉过头来，让另一面受箭。太阳出来了，雾要散了，诸葛亮下令将船赶紧往回开。这时船两边的草把子上密密麻麻地插满了箭，每只船上至少五六千支，总共超过了十万支。

　　后来，鲁肃把借箭的经过告诉周瑜时，周瑜感叹地说："诸葛亮神机妙算，我自愧不如。"

心智启迪

　　诸葛亮好聪明呀！他通过观察天气变化，推断出三天之内会有大雾的结论，然后利用大雾天气假装进攻曹军，向"曹军"借得了十万支箭。聪明人就是这样的，他们善于利用各种各样的有利条件来达成自己的目的。你愿意做一个聪明人吗，那么可要多动脑筋哟！

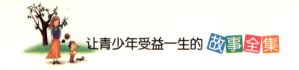

聪明的小牧童

从前有个国王，他出了三道难题。由于那些题太离奇了，一直没有人能够答得上来。于是国王贴出告示说："如果有谁能够回答出这三道题，将得到王子一样的待遇。"

有个聪明的小牧童，在听说了国王的悬赏之后，便自告奋勇地来回答问题。

看着眼前单薄瘦小的男孩，国王满心疑惑。他郑重地对小牧童说："如果你能回答我所提出的三个问题，我就认你做我的儿子，让你和我一起永远住在王宫里。"

牧童拍拍胸脯说："请您尽管问吧！"

国王问："大海里有多少滴水？"

小牧童回答："我尊敬的陛下，请你下令把世界上所有的河流都堵起来，不让一滴水流进大海，一直等我数完它才放水，我将告诉你大海里有多少滴水珠。"

国王又问："天上有多少星星？"

牧童回答："请给我一张大白纸。"

只见他用笔在上面戳了许多细点，细得几乎看不出来，更无法数清。任何人要盯着看，准会眼花缭乱。随后牧童说："天上的星星跟我这纸上的点儿一样多，请数数吧。"但无人能数得清。

国王只好又问："永恒有多少秒钟？"

牧童回答："在后波美拉尼亚有座钻石山，这座山有两英里高，两英里宽，两英里深。每隔一百年有一只鸟飞来，用它的嘴来啄山，等整个山都被啄掉时，永恒的第一秒就结束了。"

听完牧童的回答，国王赞叹道："孩子，你虽然年纪不大，可却像智者一样回答了我的三个问题。以后，你就和我住在王宫里吧！"

国王提出的这三个问题，可以说是无法确切地给出答案的，而小牧童却用一种巧妙的方式做出了回答。这种巧妙就是换一种思路来考虑问题。小朋友们，知道了吧。当我们遇到难题，用常规方法解决不了时，要试着换一个思路，换一个角度，那样自然就会柳暗花明的。

打车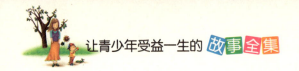

今天的雨下得真大，菲菲在公交车站等了将近一个小时，也没有看到一辆车。她冻得瑟瑟发抖，决定乘坐出租车回家。不过，在这种天气里找一辆空车也不是一件简单的事。

菲菲在路边等了一会儿，过往的出租车很多，可是空车却寥寥无几。偶尔有一两辆车驶过，却都被别人抢了先。菲菲又等了一会儿，终于有一辆空车开了过来。这时，菲菲和旁边的一个女孩子同时冲车子招了招手。车子停在她们面前，两个人都冲上去说车子是自己拦下来的，都要抢着上车。

两个人争执不下，都有点急了，特别是菲菲，她已经在大雨中站了一个小时了，要是不坐这辆车，不知道又要再淋多久的雨呢。那个女孩子也很霸道，手拽着车门就是不让菲菲上去，菲菲也

拉着女孩子的衣服，让她脱不了身。两个人就这样僵持了一会儿，出租车司机也有点急了："你们到底谁上？痛快一点，别耽误我时间。"

　　菲菲想了想，这样也不是办法，便问女孩子："你打车准备去哪儿？"

　　女孩一愣，回答道："我到永康小学附近。怎么了？"菲菲微笑着说："我家就在永康小学前面一站左右的地方。这样吧，我载你过去，我们就算交个朋友吧。"

　　说完，两个女孩不约而同地笑了，连忙钻进了暖烘烘的出租车。

　　我们在生活中也会遇到类似的情况吧，在条件不能满足所有人的需求时，大家都为了自己的利益争论不休，经常争到最后不欢而散。其实，我们不妨学习一下菲菲的做法，开动脑筋使现有的资源得到最大的利用，这样不但方便了自己，同时也帮助了别人。

打蚂蚁

三国时代，蜀汉的大将关公，曾经在一次战役中降服了一个叫周仓的山贼做他的侍卫。周仓虽然力大无穷，但做事不爱动脑子。关公一直想找个机会纠正周仓的毛病，可是又怕伤了他的自尊心。

有一天，关公和周仓带着一队人马赶路。不久，他们来到了一片树阴下休息。

关公看见树下有一群蚂蚁在爬来爬去，便对周仓说道："周仓，你不是一直认为自己力大无穷吗？来打这些蚂蚁试试看吧。"

周仓伸出拳头，用力一砸，地面都被他砸出来一个大坑，可蚂蚁却安然无恙。

他再用力一砸，痛得他哇哇大叫，可蚂蚁还是若无其事。周仓眼见自己连一只小小的蚂蚁都打不死，气得满面通红。

这时，关公说："来，你看我的。"说完，关公伸出食指，轻轻一揉，地上的蚂蚁一下死了好几只。周仓看得瞠目结舌，呆在那里。

关公对他说："做大事的人不仅要有勇气和力量，还要懂得如何运用智慧和谋略，不懂事情的来龙去脉，只会蛮干，是无法得到预期效果的。"

周仓终于理解了关公的良苦用心，从此他做事谨慎了许多。

心智启迪

做事情如果只是一味地蛮干，不动脑筋，也不知道运用技巧的话，效果就会大打折扣。通过这个小故事，我们应该懂得做事需要讲求方法的道理。不管做什么事，如果想要做得好，那么就必须要发挥聪明才智，这样才能取得事半功倍的效果。

大风暴的遭遇

1832年10月1日，一艘邮船满载旅客从法国北部的勒阿弗尔港出发经过大西洋前往纽约。途中，邮船受到风暴的袭击颠簸不已，导致许多人晕船，美国著名画家莫尔斯也在其中。

"遇到风暴，有什么办法能使船不受到影响啊？"莫尔斯与船长聊了起来。"毫无办法！"船长说，"这只能听天由命了。哥伦布在一次横渡大西洋的远航中，船上的食物全部霉烂了。他没有办法，只好抱着侥幸的心理，将一个装有求救信的椰壳投入大海，希望海水能把这封信送到西班牙。但当哥伦布历经艰险，返回西班牙时，才知道国内并没有收到那封求援信。连哥伦布都无可奈何，我又能怎么样呢？""的确，茫茫大海，音信不通，实在太可怕了。"莫尔斯也发出了同样的感慨。

旅途中，莫尔斯结识了

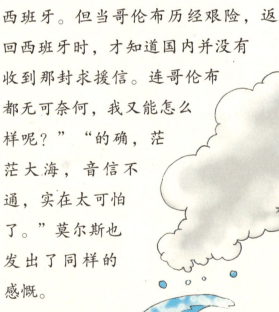

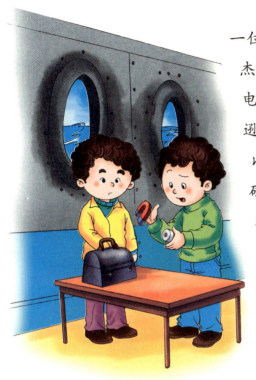

一位名叫杰克逊的电学博士。闲聊中，杰克逊谈到电磁感应现象。"什么叫电磁感应？"莫尔斯好奇地问。杰克逊从旅行袋中取出一块马蹄形的铁块以及电池等。他解释道："这就叫电磁铁。在没有电的情况下，它没有磁性；通电后，它就有了磁性。"

"这真是太神奇了！"莫尔斯看着杰克逊向他演示的电磁感应现象，脑中想着这种现象能不能有点实际用途，比如说，让遇难的船只向外界通报情况，请求救援？他把这个想法和杰克逊谈了后，杰克逊也认为这不是不可能的事。

回家以后，莫尔斯就开始研究起来。没有电学知识，他便如饥似渴地学习。遇到一些自己不懂的问题，他便向电学家请教。最后，他终于发明了"莫尔斯电码"，揭开了人类电子通信的新篇章。

心智启迪

俗话说："有志者，事竟成。"莫尔斯原本是一个画家，但当他在一次航行中遭遇风暴后，竟毅然决定放弃自己已经有所成就的事业，去开辟一个自己非常陌生但却充满无限希望的领域。这需要多么坚强的意志啊！如果你们也想有所发明创造的话，那就像莫尔斯那样去勇敢地开拓创新吧。

倒穿草鞋甩追兵

  1915年，"护国战争"爆发，全国各地纷纷起兵讨伐复辟帝制的袁世凯。当时，年轻的刘伯承在四川护国军中担任连长。

  因寡不敌众，四川护国军吃了败仗。刘伯承带着只剩下数十人的连队，冒着绵绵的秋雨，踩着泥泞的道路，艰难地开往大足县。在他们身后，是整整一个营的追兵。刘伯承一边走，一边思索着甩掉敌军的计策。

  黄昏时分，刘伯承突然命令部队停止前进，到路旁那片小树林中休息。

  刘伯承看到士兵们脸上现出疑惑不解的神色，便镇定自若地安慰他们：

"弟兄们，放心大胆地休息吧，敌人是攫不到我们的。"对于这位谋略过人的年轻连长，士兵们是信得过的，看到刘伯承沉着的样子，他们知道连长肯定想出了脱敌的良策。

不一会儿，夜幕降临了。刘伯承下令部队重新出发，他让士兵们将草鞋"倒穿"在脚上，先折回原路，走上一小段路后，拐弯朝路旁的一座山上爬去。当他们爬上山梁时，追兵刚刚来到山下。敌人发现了刘伯承他们曾经休息过的小树林，入内搜索了一阵，毫无所获。在树林外，敌人仔细辨认刘伯承他们留下的足迹，见脚印朝着大足县方向，于是沿着大路往大足县追去。

隐蔽在山梁上的士兵见敌人走远，不约而同将敬佩的目光投向使他们化险为夷的刘伯承。

心智启迪

走路会留下脚印，循着这些踪迹就会找到人们前进的方向。这是大家习以为常的道理。但是，刘伯承却突破这种思维定势，打破了常规的方法，从而使军队脱离了险境。日常生活中，我们有很多见惯不惯的事情，你是否想过要尝试着突破和创新呢？

第21名

　　暑假来了，佛瑞迪打算找份工作来磨练一下自己。他在报纸上看到了一份适合自己专长的工作，上面要求找工作的人在第二天早上8点钟到公司面试。

　　第二天，佛瑞迪7点45分就到了这家公司的门口。可他看到已经有20个人排在那里，他只是队伍中的第21名。

　　怎样才能引起面试者的特别注意呢？佛瑞迪冥思苦想了很久，终于想出了一个办法。

　　他拿出一张纸，在上面写了一些东西，然后折得整整齐齐，走向秘书小姐，恭敬地对她说："小姐，请您马上把这张纸条交给您的老板，这非常重要。"

　　这位秘书是一名老手，如果是普通的男孩，她就可能会说："算

了吧，小伙子。你回到队伍的第21个位置上等待吧。"但是她发现，眼前的这个人并不是一个普通的男孩，他散发出一种自信的气质。

于是，她说："好啊，让我来看看这张纸条。"当她看完以后，微微笑了一下，然后站起来，走进老板的办公室，把纸条放在老板的桌子上。老板看了以后也大声地笑了，因为佛瑞迪在纸条上着："先生，我排在队伍中的第21位，在您没有看到我之前，请不要做任何决定。"

如果你要问，佛瑞迪最后是不是得到了那份工作？这是当然的，因为他很早就学会了动脑筋。

一个会动脑筋的人总能把握住机会，佛瑞迪就是这样一个孩子。他利用自己的智慧"毛遂自荐"，既给自己争取了机会，同时也给面试的老板留下了深刻的印象。如果你也同样自信，那么你不妨也勇敢地站起来吧，对身边的人说"我很优秀"，让他们看到你是一颗与众不同的"星"。

第七枚戒指

18岁的姑娘曼莎是一家高级珠宝店的销售员。一天，临下班时，珠宝店的其他职员都已经走了，只剩下她一个人在清点珠宝，做关门的准备。这时，店里来了一个30岁左右、穿着体面的男顾客。看到关门前的最后一位客人，曼莎热情地向他打招呼。男子笑了一下，说："我随便看看，你不用理我。"

这时，电话铃响了。曼莎急着去接电话，匆忙中将柜台上的珠宝盒子碰翻了。盒中七枚价格不菲的钻石戒指顿时掉在了地上。

曼莎接完电话后，慌忙弯腰去捡。可她只捡回了六枚，却怎么也找不到第七枚。曼莎抬起头，想询问那位男顾客是否见到了戒指，但却看到他正匆匆向门口走去，曼莎顿时明白了戒指的去向。

"对不起，先生。"当男顾客刚要走出店门时，曼莎温柔地说道。

那人触电般地站住了，慢慢转过身来，紧盯着曼莎的眼睛。曼莎的心跳得很快："他要是恼羞成怒了怎么办？他会不会……""什么事？"两人对视了一分钟后，男顾客问道。

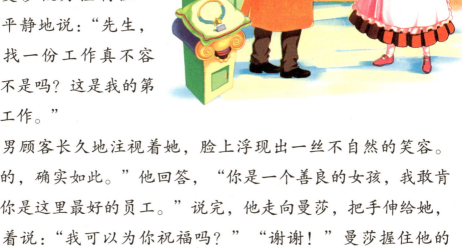

曼莎极力控制住心跳，平静地说："先生，现在找一份工作真不容易，不是吗？这是我的第一份工作。"

男顾客长久地注视着她，脸上浮现出一丝不自然的笑容。"是的，确实如此。"他回答，"你是一个善良的女孩，我敢肯定，你是这里最好的员工。"说完，他走向曼莎，把手伸给她，微笑着说："我可以为你祝福吗？""谢谢！"曼莎握住他的手，目送着他走出店门，然后转向柜台，将钻戒放回了原处。

心智启迪

当戒指失窃后，曼莎明明知道是那位男顾客偷走了，但她没有明说。因为她一旦挑明，那位顾客很可能会带着戒指逃走，甚至和她拼命。曼莎考虑到这点，然后将心比心，用宽容和真诚打动了那位打算顺手牵羊的顾客，从而顺利解决了问题。

读对联

有个财主开了一家酒店，为了讨个吉利，开张那天，便请了一位秀才写了一副贺联。上联是"养猪大如山老鼠只只死"，下联是"酿酒缸缸好造醋坛坛酸"，横批是："人多病少财富"。

秀才见财主大字不识，便吟道："'养猪大如山，老鼠只只死；酿酒缸缸好，造醋坛坛酸。'横批是'人多，病少，财富'。"

财主一听，乐得手舞足蹈，忙叫店小二把贺联挂在了大门口，盛情款待秀才。一连几天，酒店生意特别兴隆。

这天中午，一位外乡人路过这里，前来吃饭。店主是个势利的人，他见外乡人衣衫破旧，点的菜是最便宜的，便流露出蔑视的神情。

外乡人坐了好久，见店小二只顾伺候那些有钱人，并不过来招呼自己，心中有点不高兴。好不容易等来了饭菜，却都已经凉了。外乡人看出店老板是个势利的人，心里有些不痛快。他匆匆吃

了几口，便起身离开。走到店门口时，外乡人看到了门上的那副对联，不由心生一计，大声朗读道："'养猪大如山老鼠，只只死；酿酒缸缸好造醋，坛坛酸。'横批是'人多病，少财富'。"话音刚落，店内哄堂大笑。

财主听到哄笑声就赶了出来，听到孩子们正学着外乡人的读法念对联呢。他气得吹胡子瞪眼，想找那个外乡人算账，却早已不见那人的影子。从此，酒店门口冷落，生意越来越清淡了。

心智启迪

聪明的外乡人巧妙地利用了断句的不同，把一副"吉祥对联"变成了"灾难对联"，轻而易举地惩治了财主。这是外乡人积极思考的结果。让我们也像外乡人那样，做一个聪明人，用智慧来惩罚恶人、保护自己吧。

独具匠心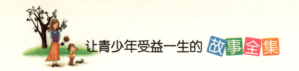

清朝年间，广东有一位著名的书法家，他的名字叫宋湘。这里我们要说的就是一个关于他的传奇故事。

一次，宋湘路过一个小集镇时，饿得饥肠辘辘，看到附近有家小饭馆，就走了进去。这家饭馆的饭菜十分可口，宋湘吃得津津有味。在吃饭的时候，宋湘注意到虽然这里人来人往，也正是吃中午饭的时候，可饭馆的生意却非常不好，便向店主问起了缘由。

店主打量了一下宋湘，问："请问您是……""我名叫宋湘。""您就是大名鼎鼎的书法家宋湘，"店主喜出望外，"小店有救了！"说完他将饭馆缺钱装修，店面太寒酸导致顾客不愿光顾的事情向宋湘说了一遍。

宋湘思索了一会儿，心中便有了主意。他笑着说："你不要着急，我帮你写一副对联，说不定生意就会好转。"店主连忙拿来笔墨纸砚，宋湘提笔写道："一条大路通南北，两边小店买东西。"横批："上等点心。"对联虽好，可横批上的"心"字却少了一点。店主虽然疑惑，但碍着宋湘的面子，也没有明说，就让人贴了出去。

没过多久，书法家宋湘写错"心"字的事情传遍了当地。很多人不相信这件事，就赶来看笑话，结果发现这家小店的点心果然是"上等点心"，很好吃，于是小店的生意越来越红火。店主这才明白这一切原来都是宋湘的独具匠"心"啊！

堂堂大书法家竟然不会写"心"字，这样的传闻大家肯定不会相信。为了求证，人们都跑来看热闹，小店的客人自然也就多了起来。宋湘正是利用了人们的好奇心，吸引客人的注意力来改善小店生意的。可见有时候，打破常规反而能起到出奇制胜的效果。

聪明的法官

从前，非洲有个国王名叫巴瓦卡斯。他经常听到人们称赞一位法官，于是他打扮成商人出访，打算亲自考察一下传闻的真假。

国王骑着马在路上悠闲地走着，不久遇到了一位残疾人。残疾人请求国王带他进城，国王答应了。到了目的地，残疾人却不肯下马，并诬赖国王抢了自己的马。国王有口说不清，只好和残疾人到法官那寻求解决。

国王和乞丐各执一词，法官很难判断出谁是谁非。法官思考了一会儿，然后对他们说："你们把马留下，明天再来。"

第二天，法官带着国王和乞丐来到马廊，让他们从20匹马中辨认出自己的马。国王和乞丐都认出了那

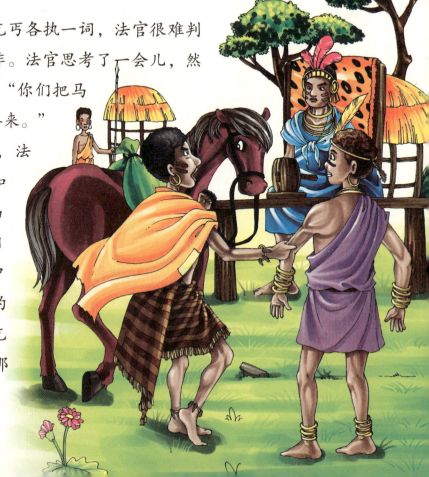

匹马，但法官却对国王说："这匹马是你的。来人，给我狠狠地鞭打乞丐50次。"

国王十分好奇法官如何做出这样的判决，便上前追问。法官笑着说："我看到你走到马廊时，你认识马，马也认识你。但是，当乞丐接近它时，它有些惊恐不安。因此，我断定你才是马的真正主人。"国王听了法官的话，心中暗暗称许。

看到故事的结尾，你是不是也在为法官的判决叫好呢？故事中的法官不但足智多谋，而且善于观察，真是个令人佩服的人。我们在生活中，往往也会遇到很多难题，如果我们也可以像法官那样细心地观察、认真分析，那么我们就很容易发现事情的真相了！

负棋寄驴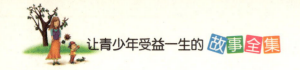

　　范西屏是清代有名的下棋高手。有一天，他骑着一头小毛驴去扬州探亲。渡江时，船老板却不让他的毛驴上船。

　　这可怎么办呢？范西屏一筹莫展地牵着毛驴在县城的街上闲逛。当他走到了一家布店时，恰巧看到布店老板正和一个年轻人下围棋赌输赢。

　　这下，范西屏心里可有了主意，他对老板说："咱俩来赌一盘吧。如果我赢了，你就给我一匹布；如果你赢了，我就给你这头毛驴。"

　　一局对弈下来，范西屏输得极惨。范西屏显得很不甘心地将毛驴让店主牵了去，并且说："我因为有要事在身，没尽全力，所以输得不服

气。一个月后，我带些钱来找你赎驴。"

一个月后，范西屏如约赶到布店。不过，令店主没有想到的是，这一次对方的棋路奇异诡谲，自己的心思似乎完全被对方洞穿了。没过多久，店主就败下阵来。

这时，范西屏牵过拴在旁边柱子上的毛驴，摸了摸吃了一个月上好粮草、膘肥体壮的毛驴，纵身骑了上去。

店主急忙追上去问："先生，你的棋艺这么高，上一次为什么要故意输给我呢？"

"我要到外地办事，没有人照顾毛驴，所以就送到你这来了。"说完，范西屏留给店主一个月草料钱，吆喝着毛驴扬长而去。

心智启迪

范西屏利用先输后赢的比试，不仅达到了寄养小毛驴的目的，而且还深刻地教育了那个好赌的布店老板，真是一举两得呀！通过这个小故事，我们不仅领略了范西屏的聪明与才智，更应该懂得做人要谦虚的道理。

富翁的遗嘱

一位富翁临终之前，身边一个亲人也没有，他唯一的一个儿子还在远方无法回来，只有一个奴隶守候在他身边。富翁知道自己死期将近，但又害怕贪婪的仆人侵占财产，便立下了一份令人不解的遗嘱："我死之后，我的全部财产归奴隶所有，其他人不得动用，然而我儿子可任意选一件物品为他所有。"富翁写完之后，就咽了气。

富翁死后，仆人便欢欢喜喜地拿着遗嘱去寻找主人的儿子。儿子见到遗嘱，非常生气："父亲怎么会把他一辈子辛辛苦苦积攒下来的财富全部都给了奴隶，而只给我一件物品呢？"

他百思不得其解，于是去请教村里的智者。智者听了，微微一笑，对他说："你父亲真是聪明，他给你留下了他的全部财产啊。你再好好看看你父亲的遗嘱吧。"富翁的儿子拿起遗嘱看了半天，还

是不明白，智者说："遗嘱上不是说得很清楚吗？让你任意选择一件物品，如果你选择了那个奴隶，也就是等于选择了全部的财产。其实，你的父亲真是十分英明啊。"

听了智者的话，富翁的儿子这才恍然大悟，明白了父亲的良苦用心：父亲为了稳住那个贪婪的奴隶，才把全部财产都送给他。于是，富翁的儿子按照智者的话去做，果然顺利地继承了父亲所有的财产。而那个贪婪的奴隶，什么也没有得到，空欢喜了一场。

心智启迪

偶尔你是不是会遇到非常棘手的事？有时你是不是会碰到一道非常复杂的数学题？这个时候，你千万不要慌，一定要冷静下来，想一想问题的关键到底是什么。俗话说"射人先射马，擒贼先擒王"，只要我们理清头绪，把握住问题的关键，就一定会收到事半功倍的效果。

甘罗救祖父

甘罗是战国时期秦国的宰相。他从小机敏过人，民间广泛流传着他小时候智救祖父的故事。

甘罗十二岁那一年，他的祖父甘茂因为得罪了秦武王，所以秦武王就想找机会杀死他。一天，秦武王板着脸对甘茂说："我命你在三天内，给我送三个公鸡下的蛋来。到时候拿不出来就治你的罪！"

甘茂一下子傻了眼。他回到家里茶饭不思，不停地唉声叹气。甘罗见祖父整天愁眉苦脸，就向祖父问个究竟："爷爷，到底出了什么事情？"甘茂看着懂事的孩子，叹了一口气说："秦武王让我三天之内给他找出三个公鸡蛋，不然就要治我的罪啊！"甘罗听了，眉头一皱，计上心来，他对祖父说："爷爷，您不用担心，我会帮您解决这件事的。"

第三天，秦武王正坐在殿上盘算

着怎么惩处甘茂，这时，来了一个十来岁的孩子。

"你是谁家的孩子？"秦武王问。甘罗不慌不忙地说："尊敬的大王，我是甘茂的孙子甘罗。"秦武王非常生气："你爷爷为什么不来见我？""报告大王，我爷爷正在家里生孩子，没法见您，所以特地让我来向大王请罪。"秦武王一听这话，火冒三丈："真是胡说，男人怎么会生孩子呢？"甘罗从容地回答道："大王说得正是。既然男人不会生孩子，那么自然公鸡也不会下蛋喽！"

　　秦武王顿时哑口无言。他十分欣赏甘罗的机智勇敢，于是就不再追究甘茂的罪了。

　　小小年纪的甘罗真是有胆有识，让人佩服。知道秦武王是故意刁难爷爷后，他沉着冷静，很快想出了一个对策——找出秦武王话中的破绽（男人既然不能生孩子，公鸡怎么能下蛋呢），然后再用这个破绽来驳回秦武王的无理要求，让他无话可说。

心智启迪

给土豆分类

　　爱荷华州的农民以种植土豆为生。每到收获的季节，当地的农民都习惯于把收获的土豆按体积不同分为大、中、小三类，然后分别包装，以不同的价格出售。分类和包装这些堆积如山的土豆，花费了他们大量的时间和精力，同时也严重地拖延了土豆的最佳销售时期。

　　爱荷华州所有种土豆的农民都这么做，只有一个农民例外。这个农民是当地首屈一指的富户乔治，然而人们从来没有见到过他为土豆分类和包装的事耗费人力物力。但他每次都能够以最快的速度分完，并获得了最大的收入。

　　村民们都感到很奇怪，难道乔治有什么诀窍吗？大家纷纷来到他的农场，打算探个究竟。可是，他们看了一整

天，仍然没有看到有人做土豆分类的工作。

一个农民终于忍不住问乔治："你难道不用把这些土豆进行分类再装车吗？你是运用什么方法很省事地把土豆分好类的？"

乔治回答道："我的办法很简单，我只是把所有的土豆都装上货车，然后把车子开到最崎岖的山路上，在那段八英里的路程中，体积最大的马铃薯会自然浮到最上层，体积稍小一点的在中层，体积最小的那些则不停地晃到下层，最后最下面的一层垫的都是小土豆。"

村民们听了，都觉得这是一个筛选土豆的好办法。大家纷纷效防，果然提高了工作效率。

心智启迪

如此繁琐和枯燥的土豆分类工作，难住了所有人。而乔治却想出了把土豆装在汽车上，利用山路的颠簸和摇晃来为土豆分类。在工作和生活中，如果我们都能像乔治一样，在学习工作中寻找灵感和解决问题的新办法，那么也许我们会解决很多原来解决不了的难题。

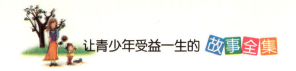
光线太暗

有些剧目十分成功，以至连续上演好几年。这样一来，演员们可就倒霉了。因为他们需要不时地重复同样的台词。你也许以为，这些演员一定会把台词背得烂熟，绝不会临场结巴的，但情况却并不总是这样。

有一位名演员曾在一出极为成功的剧目中扮演一个贵族，这个贵族被关押了20年。在最后一幕中，狱卒手持一封信上场，然后将信交给狱中那个贵族。尽管那个贵族每场戏都得念一遍那封信，但他还是坚持要求将信的全文写在信纸上。

一天晚上，扮演狱卒的演员决定与扮演贵族的同事开一个玩笑，看看他反复演出这么多场之后，是否已将信的内容记熟了。

大幕拉开，贵族独自一人坐在铁窗后阴暗的牢房里。这时狱卒上场，手里拿着那封珍贵的信。狱卒走进牢房，将信交给贵族。但这回狱卒给贵族的信没有像往常那样把内容写全，而是一张白纸。

狱卒热切地观察着他的

同事。贵族盯着纸看了几秒钟，然后，眼珠一转，说道："光线太暗，请给我读一下这封信。"说完，他把信递给了狱卒。狱卒发现自己连一个字也记不住，于是便说："阁下，这儿的光线的确太暗了，我得把眼镜拿来。"他一边说着，一边匆匆下台。不一会儿工夫，狱卒重新登台，拿来一副眼镜以及平时使用的那封信，然后念了起来。

人的思维都是有惰性的，故事中的演员就是这样。通过这个故事，我们明白了这样一个道理：要想获得更多的知识没有捷径可走，只有踏踏实实地努力，那些知识才会真正属于你，被你所用。

国王的画像

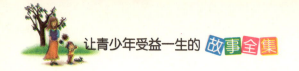

从前有一位国王，他长得十分丑陋，瞎了一只眼，缺了一只手，还断了一只脚，看起来活像个大怪物。可是，这位丑国王却十分爱面子，从来不准许任何人评论他的相貌。而且，他都不让大臣们把镜子摆放在自己的卧室里。所以，他已经有好多年没有看过自己的模样了。

这一天，丑国王忽然心血来潮，想找个画师来给自己画像。这样一来，他既可以看到自己的模样，又可以留给后世子孙瞻仰。于是，他派人请来了全国最好的画师。

老实的画师认认真真地画了一整天，把国王画得栩栩如生、活灵活现。但是，丑国王看了之后却大发雷霆。他冲画师吼道："你把我画成这

么一副残缺模样，岂不是要被后人耻笑吗？"他一怒之下就把这位无辜的画师定了死罪。

丑国王又派人请来了第二位画师。这个画师听说了第一位画家的遭遇，哪里还敢照实给国王画像啊。于是，他把国王缺的眼睛、手、腿统统补了上去，把国王画成了一个完美无缺的人。丑国王看了之后更生气了，说："这根本不是我！你是在存心讽刺我吗？"他一怒之下把第二位画师也处死了。

国王又找来了第三位画师。第三位画师急中生智，画了一幅国王单腿跪下、闭住一只眼瞄准射击的肖像画。这样，整个画面就把国王的缺点全部掩盖了。丑国王看了之后十分满意，重重地奖赏了这个聪明的画师。

心智启迪　　光有才学、没有机智的头脑是行不通的。就像给国王画像一样，面对愚蠢的国王，任凭画师技艺再高超，画得再怎么栩栩如生、完美无缺，也不如画得恰到好处。生活中，我们也常常会遇到一些让自己左右为难的事吧，这时候不妨静下心来想一想，或许你会找到一个两全其美的解决方法。

过猴山

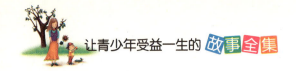

在一座山上，有一群可爱又调皮的猴子，因此这座山被叫做猴山。

有一天，一个卖草帽的老头儿背着许多草帽要过猴山去卖。爬到山上，老头儿有点儿累了，便坐在地上喝起酒来。不一会儿，老头儿便进入了梦乡。猴子们看见老头儿头戴着草帽，觉得很有趣。它们发现老头儿身边还放着一摞草帽呢，十分高兴。于是，老猴用尾巴卷住树枝，身体倒挂，再让一个猴子用脚勾住自己的脖子，它们一个接着一个，连成一串。最下面的猴子拿到草帽后就往上面传，不一会儿，猴子们就把所有的草帽都偷走了。

老头儿醒来时，发现草帽都不见了，气得直跺脚。猴子们觉得好笑，也学着老头儿的样子跺起脚来。老头儿摘下帽子当扇子扇风，猴子们也拿帽子扇风；老头儿把帽子扔在地上，小猴子们也把帽子扔在地上。老

头儿连忙上去夺帽子，他的速度很快，可猴子比他还要快。老头儿不仅帽子没抢到，就连身上的衣服也被老猴子抢走了。

老头儿气得满脸通红，汗水直往下淌。他看到身边的两只酒葫芦，心里顿时有了主意。他把一只酒葫芦扔到猴子们容易拿到的地方，自己举起另一只酒葫芦，喝起酒来。猴子们见了，赶紧捡起酒葫芦，学着老头儿的样子尝一尝。你一口、我一口，不一会儿，它们便把酒全都喝光了。结果，猴子们都喝得醉倒了。老头儿一见，赶紧拾起所有的草帽，拎着两个空葫芦下山去了。

猴子们虽然很机灵，但是老头儿更聪明，他看出猴子有喜欢模仿的特点，便想办法将猴子们灌醉，从而拿回了自己的草帽。看来，我们做任何事也不能一味蛮干，一定要讲求方法和策略，就像老头儿对猴子一样，知己知彼才能百战百胜。

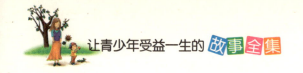

过桥

在一处地势险恶的峡谷中，谷底奔腾着湍急的水流，只有几根光秃秃的铁索横亘在悬崖峭壁之间，成为一座小桥，这几根铁索便是行人通过山涧的唯一工具。由于这里山势险峻，谷深水急，更加烘托出桥的危险与简陋，所以经常有行人失足落水，葬身涧底，尸骨难觅。

一天，有四个人来到这里。他们分别是一个盲人、一个聋哑人和两个耳聪目明的健全人。当时，已经没有了退路，下山的道路比过桥还要险峻。看来，要想离开这里就必须要攀过这座桥了。

聋哑人不言不语，迈步上桥，摇摇晃晃中到了对岸。一个健康人引导着盲人，小心翼翼地安全过了桥。剩下一个健康人松了一口气，面对狂涌的河水，踏上了独木桥，却不幸中途滑落水中。

人们感到奇怪：为什么

盲人和聋哑人都能顺利过桥，而那个耳聪目明的健康人却落水了呢？

聋哑人比画着表达自己的意思：我听不见河水汹涌的涛声，心中少了许多顾虑，只要看准落脚点就行了。

盲人说："我根本就不知道河水有多大。在这位好心大哥的指引下，一步也没有走错。"

活着的健康人说："我走在盲人的前面，既要看好脚下的路，又要不时提醒身后的盲人，全身十二分的精神都在独木桥和绳索上，哪里还有精力去考虑浪高涛急啊？"

心智启迪

看到这里，你想到了什么？有没有想到你第一次上台演出时的情景呢？那一次，你是不是紧张得一句话也说不出呢？原来，在很多时候，失败并不是因为力量的薄弱，也不是因为智商的低下，而是被周围的声势吓破了胆，是我们内心的恐惧在作怪。通过这个小故事，我们应该明白只有战胜自己，才能战胜困难的道理。

海瑞审石头

从前，有一个勤快的小孩。每天，他一早起来，就挎着篮子去卖又香又脆的油条。

一天，他卖完油条后，坐在路边数铜钱。小孩手上油乎乎的，把铜钱也摸得油油亮亮的。数着数着，小孩便趴在石头上睡着了。

等他醒来一看，篮子里的铜钱全都不见了！孩子伤心地哭了起来。正好海瑞带着人马打这儿走过。海瑞是一个有名的清官，他聪明公正，铁面无私。

海瑞看见小孩哭得很伤心，就问他："孩子，你为什么哭啊？"

小孩哭着回答："我睡了一觉，卖油条得的铜钱就全都不见了。"海瑞想了一想，说："我猜一定是这块石头偷了你的钱。"说着，他便命人拿起棍子，劈里啪啦地打起石头来。

围观的人越来越多，他们都嘲笑海瑞是个糊涂蛋。海瑞很生气，命手下的人拿来一个盆，倒上清水，惩罚所有看热闹的人往里面丢一个铜钱。

周围的人排着队丢铜钱，只听见"扑通、扑通"的声音不断响起。有一个人刚把铜钱扔进盆里，海瑞就命令把他抓起来。原来，他丢下铜钱时，水面上浮起了一层油，这肯定是小孩那油乎乎的铜钱。这个人无法抵赖，只好把铜钱还给了小孩。

心智启迪　　小男孩在大路上丢了钱，这人来人往的，想找到偷钱的人还真挺难的。海瑞当然也知道这一点，所以他先用荒唐的举动引来众人，使偷钱的人放松了警惕之后，再利用扔钱币的办法找到了犯人。我们也不妨动脑筋想一想，有没有更好的办法抓到小偷呢？

华盛顿找马

乔治·华盛顿是美国第一位总统，他领导美国人民成功地摆脱了英国的殖民统治，成立了美利坚合众国。据说华盛顿年轻时就显露出了过人的智慧。

有一天，华盛顿的一匹马被人偷走了。他找了很久，终于在一家农场里发现了自己丢失的马。华盛顿去和偷马人交涉，希望他归还自己的马。但那人根本不承认那匹马是偷来的。华盛顿想跟他争辩，可那人连推带搡，要把华盛顿赶出去，他甚至还想动手打人。

华盛顿没办法，只好找来一位警察，一起到偷马人的农场里去索讨。偷马人在警察面前还是一口咬定说："马在我的农场

里，你凭什么说是你的马？"见那人一副蛮不讲理的样子，华盛顿想了想，突然上前用双手蒙住马的两只眼睛，对那个偷马的人说："如果这马真是你的，那么请告诉我们，马的哪只眼睛是瞎的？"

偷马人没想到华盛顿会来这一招。他犹豫了半天，支支吾吾地说："是右眼。"

于是华盛顿放下右手，只见马的右眼炯炯有神，一点儿毛病也没有。

"哦，我记错了，应该是左眼！"偷马人急忙争辩道。

华盛顿又放下蒙住马左眼的手，只见马的左眼也是好好的，马根本不瞎。

偷马人见露馅了，只得当着警官的面把马还给了华盛顿。

当华盛顿捂住马的眼睛，让偷马人说哪只眼睛是瞎的时，是在向他暗示，这匹马有一只眼睛是瞎的。由于马本来不是他的，所以他认为华盛顿所说的是事实。偷马人的失败就在于过分地相信了这个暗示，不知不觉中了华盛顿巧设的圈套。等他明白时，已经无法挽回。

华佗拜师

　　华佗是东汉末年的名医。他小时候家里很穷，因为没有钱读书，母亲就叫他到一位姓蔡的医生那里去学些医术，也好糊口。

　　蔡医生医术高明，前来拜他为师的孩子很多。蔡医生想从那些拜师的孩子中挑选出最聪明的那个收为徒弟。他把孩子们带到院子里，指着一棵很高的桑树对孩子们说："你们瞧，这棵桑树的枝条很高，人站在地上够不着，你们谁能采摘到上面的桑叶呢？"

　　孩子们都冥思苦想起来。华佗心想："树这么高，我爬不上去呀！怎么办呢？有了——既然人爬不上去，那么就让桑树枝到地上来。"只见华佗找来一条绳子，在绳子的一

头绑上一块石头，然后拿着那块石头向最高的枝条扔出去，绳子一下子就缠在了树枝上。华佗一拽手里的绳子，那根枝条就垂了下来，小华佗一伸手就把桑叶采下来了。蔡

医生高兴地点点头说："很好，很好！"

这时，院子里有两只山羊在打架，其他的孩子们都被吓得躲在了一边。"小华佗，你能把它们分开吗？"蔡医生对华佗说。华佗想了想，跑到路边割了些鲜嫩的青草，然后把草送到两只山羊的面前。两只羊看见青草就吃了起来，也顾不上打架了。

蔡医生觉得华佗是一个非常聪明的孩子，因此就收他为徒了。从此，在蔡医生的教导下，华佗苦学医术，最后成了东汉末年最著名的医生。

心智启迪

遇到难题，一味地蛮干是不行的。你瞧，小华佗就做得很好。他没有冒着危险去爬树或者硬拉开两只打架的山羊，而是灵活地想办法，利用身边的工具（绳子、石头和青草等），轻松解决了难题。我们遇到难题时，不妨向小华佗学一学，积极动脑筋思考。

画家的画

　　有一个富翁请一位著名的画家为自己画一幅肖像，讲好价钱是6000美元。几天后，富翁来取画的时候，心里却有点反悔了。他觉得6000美元一幅画，实在是太贵了，于是他假装大发雷霆，故意找茬说："你画的这个人是我么？怎么没有一点像我？我是听说你的画技高明，才特意找你来画的，想不到你画画的技术居然这么差。"

　　画家心里很气愤，因为他为了这幅肖像画，整整花费了好几天的精力。而且，他把富翁画得栩栩如生，连他自己都对这幅画感到满意呢。想不到，富翁却百般挑剔，偏要说一点儿都不像他。画家与富翁据理力争，

可是富翁就是不肯支
付原来拟定的6000美
元报酬。最后，
富翁假惺惺地
对画家说：
"算了，我们不要争论
了。虽然你的画技不高，但也
付出了一定的辛苦劳动，我用
600美元买下，算是对你的一点儿
补偿吧。"听了富翁的这番话，画家才明白富翁的真正
用意，并严词拒绝了富翁。

　　不久，画家把这幅肖像画公开展出，并题名为《贼》。富翁
听说后，气急败坏，打电话向他提出抗议。

　　"这事与你有什么关系呢？"画家平静地答道："您不是
说，这幅画根本不是你吗？"

　　富翁哑口无言，只好以高出一倍的价格买下了那幅画。

　　你有没有遇到过这样的事：你按照约定，辛辛苦苦把一件事
做好的时候，却得不到应得的报酬？当对方不愿意
履行承诺的时候，当你的劳动成果就要付诸东流
的时候，你要冷静地对待所遇到的事，就像故事
中的画家一样，找到对方的要害，用最巧妙、
最经济的方式迫使对方遵从约定。

诀窍

　　在一所学校里，无论男孩子还是女孩子，都是十足的足球迷。他们为了看球或踢球，迟到和旷课成了家常便饭。其中高一·三班最为严重，没有人愿意当这个班级的班主任。

　　这个学期，女大学生海伦毕业分配到了这里，学校安排她当高一·三班的班主任。当她第一天走上讲台时，全班同学都在兴致勃勃地谈论着一场足球赛，似乎根本没有看见她走进教室。

　　海伦怒火中烧，她随手从上衣口袋里掏出足球比赛中使用的哨子和黄牌，向同学们提出警告。同学们听到了哨声，果然停止了喧哗，注意力马上集中在了她的身上。不过，还有两个男同

学余兴未消，仍在唧唧咕咕地议论着。海伦二话没说，果断地亮出了红牌。两个男同学看见老师手里的红牌，老老实实地站起来，一声不吭地按照足球比赛的规则，走出了教室。这时，教室里安静了下来，海伦开始讲课了。

没过多久，高一·三班的班级纪律有了翻天覆地的变化。其他班级的老师都很好奇，便来问海伦到底用了什么样的诀窍，使这个班级变得井然有序的。海伦笑了笑说："这些学生都是足球迷，对他们来说，遵守比赛规则比遵守课堂纪律更为重要。这就是我的诀窍。"

心智启迪

海伦深知学生们都是喜欢足球的人，于是她将足球的比赛规则和课堂的纪律紧密地联系在一起，从而使班级的秩序变得井然。这种因势利导的方法同样可以运用在我们的学习当中。如果我们将爱好与学习结合起来，这种新的学习方法就会使我们的学习变得更加有趣。

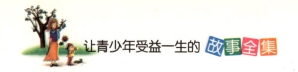
绝妙的答案

一家著名的大公司因业务需要，决定招收一批新的职员。公司在人员的录用上十分严格，他们让每一个应聘者做一份考试题，以此衡量应聘者的能力。

在考试题目中，有一道试题难住了许多应聘者。这道题是这样的：在一个暴风雨的晚上，你开着一辆车经过一个车站，发现有三个人正在等公共汽车。其中一位是病重的老者，急需去医院诊治；一个是曾救过你命的恩人，你做梦都想报答他；还有一个是日夜思念的梦中情人。你的车只能坐一个人，你最终会选择谁？

应聘者的答案应有尽有，每个人都能为自己的选择说出自认为最合适的理由。选择老人的认为：老人生命垂危，他是三个人中最需要援助的人。选择救命恩人的人觉得：这是报答恩人的最好时机。选择梦中情人的人认为：如果错过了这个机会，今生也许再也遇不到她，那将是遗憾终生的事。

公司的决策人员在看过所有应聘者的答案之后，只对其中的一份答卷感到最为满意。

答卷上这样写着："我会把车钥匙交给那位救命恩人，让他开车赶紧把老人送去医院，而我则留下来，陪我的梦中情人一起等公车！"

毫无疑问，这个聪明的答题者顺利地通过了考试，成为了这个公司的员工，并受到了重用。

所有参与答题的人都陷入了一个误区：只在车站的三个人中选择一个人搭乘，而忽视了自己这个选项的存在。正是由于大家没有注意到这个细节，所以才走进了死胡同。这个故事告诉我们，有了明确的目标之后，还需细致地分析客观因素。很多时候，决定胜败的关键，往往是容易被人忽视的细节。

枯井里的驴子

　　从前，一个农夫的驴子掉进一口枯井里了。农夫和驴子相伴多年，感情深厚，农夫决定把驴子救上来。可是，井那么深，怎么救呢？开始，农夫想用绳子把驴子拉上来，但是折腾了半天，失败了。于是农夫叹了一口气，说："老伙计呀，今儿你掉进这井里出不来，而我又没有办法救你。为了让你少受点罪，不如我把你埋在这里算了。"

　　农夫回到村子里，请了一些村民来帮忙。很快，他们你一锹我一铲，开始将井周围的泥土铲进枯井中。当井里的驴子意识到自己的处境时，开始大声号叫起来。但人们没有别的办法，只有一边叹息一边往井里铲土。

但出人意料的是，过了一会儿，井里的驴安静下来了。农夫以为驴子死掉了，于是，他好奇地往井底看去，结果被眼前的一幕惊呆了。当他们倾倒的泥土落在驴子背上时，驴子就会浑身一抖，将泥土抖搂在一旁，堆在一起，然后再站在土堆上。农夫恍然大悟，原来驴子是在想办法使自己脱离困境。于是，他和村民们加快速度，向井里填土。

随着铲进去的泥土越来越多，井里的土堆也越来越高，驴子也越来越接近井口了。就这样，经过不断努力，驴子终于救了自己。

心智启迪

著名漫画家郑辛遥曾在他的漫画中写道："如果你能把绊脚石变成垫脚石，你就是生活的强者。"事实上，我们难免会遭遇像故事中的驴这样的困境。种种困难挫折就是加在我们身上的泥沙。然而换个角度看，它们也是一块块垫脚石，只要我们锲而不舍地将它们抖搂掉，然后站上去，那么我们就能走出困境。

蜡烛留下的线索

　　清朝时，南京城里有个王员外。一天半夜，王员外家里突然闯进来一群强盗。强盗把员外府的大小仆人全都绑了起来，并一个个逼问金银财宝都放在了哪里。仆人们平日里时常受到王员外的恩惠，谁也不肯出卖主人，都不搭理他们。

　　强盗一见问不出什么，就提刀要去找老爷。

　　"慢着！"见强盗要去惊动主人，一个小丫鬟彩云急忙站出来说道，"我是管库房的丫鬟。你们不就是要金银财宝吗？跟我来吧，但不要惊动我家主人。"

　　她带着强盗来到库房，然后点亮屋里的蜡烛。那群强盗一见

满屋子的金银财宝，就像饿狼一样扑了上去。彩云手里端着蜡烛，一会儿照照这个，一会儿照照那个，帮他们取财宝。

第二天，王员外得知家中被盗，而彩云还引贼入库，十分恼怒。仆人们也很生气，说彩云贪生怕死，没有良心。

这时，彩云走到主人面前说："老爷别着急，我在强盗身上做了记号，马上便可以把他们抓回来。""真的？"王员外将信将疑地问道。"是的，当时我怕他们伤害主人，才将他们引到库房。趁他们抢东西时，我假装给他们

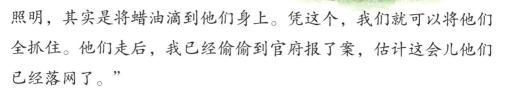

照明，其实是将蜡油滴到他们身上。凭这个，我们就可以将他们全抓住。他们走后，我已经偷偷到官府报了案，估计这会儿他们已经落网了。"

王员外此时才恍然大悟，忙夸彩云聪明。不久，官府果然派人来说，强盗已经全被抓住了。

心智启迪

在危急时刻，小丫鬟彩云没有与强盗硬碰硬，而且干脆暂时满足他们的要求，给了他们一些金银财宝，保证了主人的生命安全。更聪明的是，彩云趁强盗抢财宝的时候，在他们个个身上都悄悄做了记号，随后她又马上通知了官府。这样一来，官府很快就抓到强盗，要回了财宝。

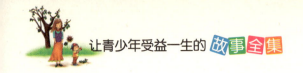

马克·吐温的智谋

马克·吐温是美国19世纪最优秀的批判现实主义作家。在他小的时候，有一天因为逃学，被妈妈罚去刷围墙。围墙有3米高30米长，马克·吐温卖力地刷了一个小时，墙上很大的面积没有粉刷。

"把整个围墙都刷完，这得需要多久啊！"马克·吐温坐在地上灰心地想。这时，他的伙伴罗伯特走了过来，还啃着一只松脆多汁的大苹果，馋得马克·吐温直流口水。突然，马克·吐温十分认真地刷起墙来，每刷一下都要打量一下效果，活像大画家在修改作品。

"嘿！我要去游泳。"罗伯特说，"不

过我知道你去不了。你得干活，是吧？"

"什么？你说这叫干活？"马克·吐温叫起来，"如果说这叫干活，那我实在太幸运了，哪个小孩能天天刷墙玩呀？"马克·吐温卖力地刷着，显得特别快乐。

罗伯特看得入了迷，说："让我也来刷刷看。"

"不，我不能白让你玩儿。"马克·吐温拒绝了。

"我把这苹果给你！"

于是，小马克·吐温把刷子交给了罗伯特，坐到阴凉处吃起苹果来，看罗伯特为这得来不易的权利刷着。一个又一个男孩子从这里经过，高高兴兴想去度周末，但他们个个都想留下来试试刷墙。

马克·吐温为此收到了不少交换物：一只独眼的猫，一只死老鼠，一个石头子，还有四块桔子皮。

心智启迪

不论做什么事，兴趣都是最重要的因素。马克·吐温正是深深懂得这个道理，所以才在伙伴面前做出一副兴致盎然的样子，使小伙伴们争先恐后地想要尝试。我知道有很多小朋友都不太喜欢学习，觉得学习生活太枯燥了。其实，如果我们能够慢慢培养起自己的兴趣，那么你会发现学习中也会有很多的乐趣。

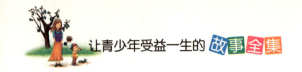

司马光砸缸

从前，有个聪明的小孩名叫司马光。一次，司马光和小伙伴们在一个荒废的院子里玩耍。院子里有一口大缸，里面装满了水。有个调皮的小孩儿看到这口大缸后，就想爬上去在同伴面前炫耀一番。其他小孩儿看到后都纷纷摇头，觉得太危险，可那个小孩儿却偏偏不听。

他使出全身力气爬上了缸沿，然后又冲着小伙伴们得意地说：“看我多勇敢，你们谁敢爬上来？”

伙伴们见到这种情景，都说：“上面太危险了，赶快下来吧！”

可那个小孩不仅不听，还嘲笑说：“你们这帮胆小鬼，这点小事就把你们吓成这样了。”

就在他得意忘形的时候，突然脚底下一滑，“扑通”一声掉进了水缸里。缸里的水顿时漫过了他的头顶，他一连呛了好几口水，叫喊着扑腾了几下就沉下去了。

天哪！这可怎么办啊？刚才还有说有笑的小孩们都慌了神，有的大声哭了起来，有的慌慌张张地跑去找大人。司马光没有慌，他皱着眉头想了一会儿，又向四周看了看，然后从草丛里搬起一块大石头，慢慢举过头顶，使劲朝水缸砸去。没砸两下，只听见"哗啦"一声，水缸被砸了一个大窟窿。缸里的水"哗，哗，哗"流了出来，掉在缸里的小孩儿也得救了。

很快，司马光砸缸救人的事就在城里传开了，人们都称赞他是个聪明机灵的孩子。

心智启灵

看到小伙伴掉进大水缸里，司马光表现得非常沉着勇敢和机智果断。他想到既然没有办法将人直接从水里救出来，那么索性将水缸砸破，让水自动"离开"落水者。遇到危险时，我们也要像司马光那样，冷静地想一想，说不定很快就能找到办法呢！

81

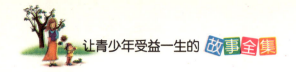

小英雄于连的故事

　　五百多年前的一个夜晚，比利时首都布鲁塞尔的中心广场上，灯火闪烁，人们载歌载舞，热闹非凡。那是比利时人民在欢庆自己打败了入侵者。钟声、礼炮声、欢呼声交织成雄壮的乐曲，在首都的上空回荡。

　　这时，没有人注意到，一个残留的敌人偷偷溜进了市政府的地下室。地下室里放着许多火药，只要一颗火星溅到火药上，就会引起巨大的爆炸。那么多的火药能把整个市政厅和附近的房屋都炸毁，欢庆胜利的人也都会被炸死。

一会儿，那个敌人堆好炸药，用一条导火线接上，一直伸到外面的院子里，点火后，他就慌忙溜走了。导火线"哧哧"地燃烧着，谁都没发现这危险的火花。一场巨大的灾难即将降临！

在这万分危急的关头，一个叫于连的小男孩来到院子里玩耍。他在墙角边发现了那闪着火花的导火线，想起地下室里有火药，立刻意识到形势有多么危险。他想用水扑灭导火线上的火花，可这里没有水，到老远的地方去打水又已经来不及了，就是跑出去喊大人来，恐怕也来不及了。怎么办？只见他皱了一下眉头，跑到墙角边，朝导火线上撒了一泡尿。还真灵，这泡尿竟把火浇灭啦！

一场特大的灾难就这样避免了。后来，人们知道这件事后，都称赞于连是个小英雄，还为他塑了一座铜像！

心智启迪

于连虽然年纪很小，但却非常聪明。当他看到燃烧的导火线时，马上意识到形势的危急。没有水灭火，他就急中生智，撒了一泡尿将火灭了，从而阻止了一场特大灾难的发生。故事告诉我们，遇到危险时，不要着急，要冷静下来想一想最好的解决办法是什么，然后赶快实行。

在没喝下这碗水之前

从前，古波斯帝国有位年轻聪明的太子。一次，阿拉伯帝国远征波斯，俘虏了这个太子。士兵把他押解到阿拉伯国王面前，国王下令立即斩首。这时，太子请求说："主宰一切的陛下，我现在口渴难忍。如果您开怀大度，那么就让我喝足了水，再处死吧！"

阿拉伯国王点点头，让左右给太子端过一碗水。太子接过这碗水，刚送到嘴边，但又用惊恐的眼神环顾四周，不敢喝下去。"你怎么不敢喝呀？"一个阿拉伯士兵粗暴地呵斥他说。"我曾听说，"太子哆哆嗦嗦地说，"你们这些人非常凶残而且不懂天理，所以我担心，当我正在品味这碗清水时，会有人举刀杀死我。"

"放心吧！"国王显出宽容大度的模样说，"谁也不会伤害你的！"

"既然没有人伤害我，"太子请求国王说，"陛下总该有个保证啊。"

"我以真主的名义发誓，"国王庄重地说道，"在你喝下这碗水之前，没有人敢伤害你。"

这时，太子毫不迟疑地将这碗水泼到了地上。

"来人呀！将他推出去斩

首！"国王恼怒地喝道。

　　太子平心静气地问国王："陛下，刚才您不是向真主发过誓，保证不伤害我的吗？""我只是保证，在你喝下那碗水之前，决不伤害你！"国王解释说。"陛下说得对。"太子说道，"可我并没有喝下这碗水，并且也喝不到这碗水了。"国王恍然大悟，只好放了太子。

　　聪明的波斯太子凭借一碗水，请求国王发誓在他喝下这碗水之前不要伤害他，最后获得了新生。可见，不管面对多么严酷的困境，一个人只要有了灵活的思路，往往就能够利用有限的条件，努力扭转不利的局面，使自己绝处逢生。

最好的时机还没到

古时候，有个勇敢的猎手。他常常一个人跑到山里去猎杀虎豹豺狼，从来不觉得害怕。

一次，他和另一个猎手一起去山里打猎。他们刚来到山前，就看见有两只老虎为抢吃一块人肉，正在拼命厮打着。它们时而互相咬住脖子不放，时而举起前腿互相猛扑……

猎手举起锋利的猎权，正要上前去刺杀这两只老虎。这时，另一个猎手连忙拉住他，说："老兄，不要着急，再等等。"

猎手说："还等什么？现在两只老虎正在厮打，我得乘它们不备

刺杀它们。不然，它们一会儿平静下来，重新和好，我就很难对付它们了。"

另一个猎手说："最好的时机还没到呢！你想啊，老虎是凶猛的野兽，人肉是老虎最美的美食，它们为争夺这块食物正疯狂搏斗，不最后见一个高低，它们是不会停止打斗的。两只老虎真的动怒厮打，弱一点的老虎肯定会被咬死，而强一点的老虎也会被咬伤。等到它们死的死、伤的伤了，你再动手，轻而易举就能将受伤的老虎刺死。到那时，这两只老虎就都属于你了。"

猎手恍然大悟。原来另一个猎手给他出的是一个只需付出刺杀一只伤残老虎的代价，就能收到杀死两只老虎的主意。这真是个好主意！

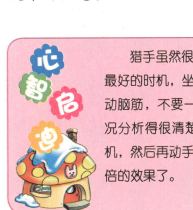

猎手虽然很勇敢，但他只知道蛮干而不够聪明，不知道等待最好的时机，坐收最好的效果。故事告诉我们，做任何事情都要动脑筋，不要一味蛮干。如果我们把情况分析得很清楚，又能把握住最好的时机，然后再动手，那时候就能收到事半功倍的效果了。

2 第二章

YOUMO GUSHI

幽默故事

幽默是一种人生智慧，它可以让我们在苦恼中茅塞顿开，在轻松的气氛中感受到成功的快乐。每一个幽默故事都浓缩了一个生活哲理，闪耀着智慧的火花。在这一章里，我们可以读到清代文人郑板桥、喜剧大师卓别林、南非前总统曼德拉、美国作家马克·吐温、法国作家伏尔泰等中外名人的趣味轶事，也可以看到被冻住尾巴的狐狸、大老虎找吃的、偷懒的驴子等生动有趣的幽默故事……这些小故事不仅让人读起来轻松愉快，回味无穷，还带给我们许多人生启示，让我们的生活充满了欢乐和智慧。

板桥戏权臣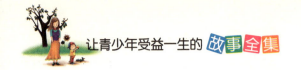

郑板桥是清朝著名的书画家。在他做淮县知县的时候，有一年大旱。为了救济百姓，他大开官仓，赈灾放粮。皇帝知道后，把他革了职，发送回老家了。

在船路过淮河的时候，迎面碰上一艘耀武扬威的官船，桅杆上还挂着"奉旨上任"的旗子。此刻，河上的大小船只纷纷退避。郑板桥见状，让家人迅速找出一块绸布，亲笔写了"奉旨革职"四个大字，也让船工高挂到桅杆顶上。

这时，官船上的人看见还有一艘船没有回避，便大呼小叫起

来。郑板桥指了指船上的旗子，大声说道："你奉旨上任，我奉旨革职，都是'奉旨'，我为什么要给你让路？"

船上的官员经过询问才知道这是当今书画大家郑板桥的船。于是他立即改变态度，亲自登船道歉。其实呀，道歉是假，想索取郑板桥的字画才是真。郑板桥听说此人是朝中奸臣姚某之子姚有财，常常仗势欺人、鱼肉百姓，便决定好好戏弄他一番，帮老百姓出一口气。

于是，郑板桥大笔一挥，写下了一首诗，命人送给姚有财。姚有财收到后，展开一看，只见纸上写道："有钱难买竹一根，财多不得绿花盆，缺枝少叶没多笋，德少休要充斯文。"每句诗开头的一个字，连起来一读竟是"有财缺德"。姚有财看完，气得暴跳如雷，可是又毫无办法。

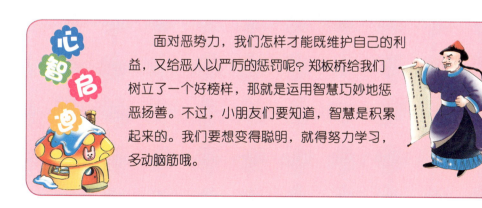

面对恶势力，我们怎样才能既维护自己的利益，又给恶人以严厉的惩罚呢？郑板桥给我们树立了一个好榜样，那就是运用智慧巧妙地惩恶扬善。不过，小朋友们要知道，智慧是积累起来的。我们要想变得聪明，就得努力学习，多动脑筋哦。

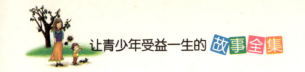
被冻住尾巴的狐狸

　　冬天到了，北风呼呼吹着，雪花纷纷扬扬地从天上飘落下来。小猫冒着漫天大雪捉了几条鱼，准备回家吃。

　　狐狸看见了，便也想捉几条鱼吃吃。他问小猫："猫老弟啊，这漫天大雪的，你能捉这么多鱼真不简单啊！你教教我行不行？"

　　小猫想："这只狐狸经常坑蒙拐骗，这一次，我一定要好好教训它一下！"

　　想到这儿，小猫煞有介事地说："好啊，我可以把捉鱼的方

法告诉你，但你可不能告诉别人啊。"

　　狐狸拍着胸脯说："你放心，我一定会为你保密的。"小猫凑近狐狸的耳朵，小声说："在结了冰的小河里，你砸开一个洞，再把尾巴伸进去，鱼就会咬住你的尾巴尖儿，只要把尾巴一提，鱼就上来了。"

　　说完，小猫装作不放心的样子，又叮嘱狐狸说："你可千万不能告诉别人啊，不然鱼被别人捉光了，咱俩可就没的吃了！"狐狸使劲地点了点头，说道："猫老弟，你放心吧！"说完，他就飞快地向河边跑去。

　　到了河边，狐狸在冰面上凿开一个洞，高兴地把尾巴伸进洞里，心里还美滋滋地想："这下我可有鱼吃了，想吃多少就吃多少。哈哈。"

　　天渐渐黑了，被凿开的冰面开始结冰了，等狐狸发现的时候，他的尾巴已经被冻在冰里，拔不出来了。

　　哈哈哈，真可笑！都说狐狸心眼多，我看狐狸这回是聪明反被聪明误了。哪有用尾巴钓鱼的？狐狸也不想想，就兴冲冲地按照小花猫教的方法去钓鱼，结果上当了吧。小朋友们做事的时候，一定要多动脑筋。可不要像狐狸那样冒冒失失地去做，否则会后悔莫及的。

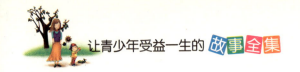
变味的鸡蛋

柯南道尔是英国杰出的侦探小说家、剧作家，被誉为英国的"侦探小说之父"。

早年的柯南道尔曾在一家杂志社当编辑。有一天，一位作者给他来信说："亲爱的柯南道尔先生，您退回了我的小说。但我知道您并没有把它读完，因为我在邮寄给您之前，故意把稿子的几页粘在一起。但当您把我的小说退回来时，我发现您并没有把它们拆开，您这样做是很不负责任的。"

柯南道尔回信说："如果您吃早餐时发现一只鸡蛋坏了，我想您大可不必非得把

它吃完才能证明它变味了吧？对于您的小说，这个道理同样适用。"

还有一次，柯南道尔去巴黎度假。他在街头叫了一辆出租马车。还没等他说去哪，赶车人就说："柯南道尔先生，您去哪儿？"

"你怎么知道我是柯南道尔？"

"这个，"赶车人说，"我在报纸上看到你在法国南部度假的消息；我注意到你是从南部开来的一列火车上下来的，而且你的皮肤黝黑，这说明你在阳光充足的地方至少待了一个多星期；从你右手指上的墨水渍来推断，你肯定是一个作家；另外你穿着英国式样的服装，我认为你肯定就是柯南道尔！"柯南道尔大吃一惊："你简直和福尔摩斯不相上下了。""不过，"赶车人说，"还有一个小小的事实——你的旅行包上写有你的名字。"

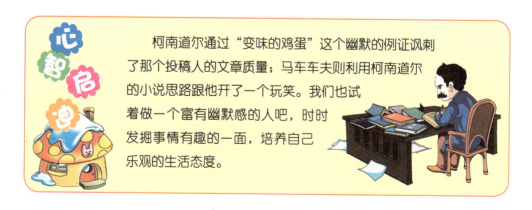

心智启迪

柯南道尔通过"变味的鸡蛋"这个幽默的例证讽刺了那个投稿人的文章质量；马车车夫则利用柯南道尔的小说思路跟他开了一个玩笑。我们也试着做一个富有幽默感的人吧，时时发掘事情有趣的一面，培养自己乐观的生活态度。

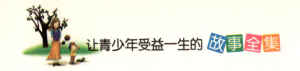

餐盘的启发

　　帕斯卡是法国的一个普通小男孩，可是你知道吗？就是这个普通小男孩提出了"声音起源于振动"的科学原理。帕斯卡没有受过正规的学校教育，是在受过高等教育的父亲和姐姐的培养下长大的。他聪明好学，对数学和物理尤其感兴趣。

　　少年时代的帕斯卡，同别的孩子一样爱玩耍。但与众不同的是，在玩耍的时候，他爱动脑筋，喜欢寻根问底地问"为什么"。在他七岁时，有一天，他拿出盘子、碟子来玩，盘子和碟子相碰，发出了"叮叮当当"的响声。帕斯卡觉得很有意思，于是拿一把叉子来敲盘子，结果又发出了清脆的声音。看他这么顽皮，姐姐就问他在做什么。

　　"我在想盘子为什么一碰就发出声音呢？"帕斯卡好奇地问。

　　对于这个问题，姐姐也回答不上来。帕斯卡决心自己找出答案。他一边继续敲着盘子，一边思索。无意中，他将手放到了盘子的边缘。这时，他感受

到了盘子的振动。可一会儿，振动一停止，声音也没有了。他拍着小手兴奋地告诉姐姐："我知道了，这盘子发声跟经过敲打产生的振动有关。"后来，帕斯卡从这次敲盘子的经历中得到启发，总结出了声音起源于物体振动的科学道理，成了一名大科学家。

心智启迪

帕斯卡虽然很贪玩，可是他更爱动脑筋，不是吗？即使是很普通的现象，如盘子和碟子相碰发出"叮叮当当"的声音，他也要问个"为什么"。从姐姐那里没有得到答案，他还决心自己寻找出答案，真是不简单啊！这个故事启示我们要做一个爱动脑筋的孩子，这样就会越变越聪明的。

大老虎找吃的

夜，静悄悄的。一只大老虎肚子饿得咕咕直叫，就跑出来找吃的。可是这深更半夜的，好多小动物都睡觉了，哪里还有什么可吃的呀。大老虎找了半天，一无所获。

就在它很苦恼的时候，"窸窸窣窣"，树丛里忽然传出一阵声音。大老虎循声望去，咦，有团黑影在动。哈，有吃的送上门啦！大老虎悄悄地靠近黑影，然后"啊呜"一大口咬了下去。"哎哟，痛死我了！你是谁呀？"大老虎痛得叫起来。那团黑影偷着乐了："哈哈，谁让你嘴馋呢，我是刺猬呀。"

"哎哟，我找错人了。"大老虎咧着嘴走了。它知道刺猬身上有尖尖的硬刺，惹不起，只好继续往前走去。"窸窸窣窣"，草丛里又发出一阵声音。咦，又有团黑影。它赶紧跑过去，大吼一声："你是刺猬吗？""不是。""太好了！啊呜，我要吃了你。"说着，大老虎猛扑

　　过去，张开大口就咬。"哎哟！痛死了！你不是说你不是刺猬吗？"大老虎气恼地问。"哈哈，你只知道刺猬，难道就不认得豪猪吗？"那黑影大笑着说。

　　"唉，看来我真是一个大傻瓜，怎么把豪猪给忘了。"大老虎拍着脑袋说。这时，天快亮了。大老虎忙活了一夜，什么也没吃着，只好狼狈地往家走去。

心智启迪

　　大老虎真笨，它只知道刺猬身上有刺，却不想豪猪身上也有刺，结果吃到了苦头。其实，生活中有许多人和大老虎一样。他们只知道一件事情是这样，却想不到其他事物也有着相同的特性。大家在对待事情和问题时，可不要像老虎那样不动脑筋，要懂得举一反三哦！

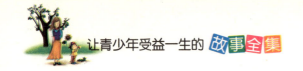
光线能透视

1895年的一天晚上，德国的物理学家伦琴正在实验室里聚精会神地做着实验。在黑暗的房间里，伦琴突然发现一道荧光在自己面前的荧光板上闪动。伦琴感到非常惊讶，因为他已经用黑纸把试验用的玻璃管包住了，光线应该不会泄漏出来呀。这是怎么回事呢？

伦琴又取来书本、木板和铝片等物品，逐一挡在实验所用的玻璃管和荧光板之间，发现光线有时候还是能穿透过来……伦琴意识到自己很可能发现了一种可以穿透物体的光线。

这时，他的妻子贝塔给他送食物来了。她刚走进实验室，就惊叫起来："亲爱的，快来看我的手。""你的手怎么啦？是不是被刺痛了？"伦琴赶紧抓住妻子的手，关切地问。"不是的，你快看荧光板上面。"贝

塔神色惊慌地大声说。这时，伦琴立刻看到荧光板上清晰地显示出贝塔手指的骨骼影像。一个新的设想出现在他的脑海中。"亲爱的，快把手放到荧光板前，我给你的手照一张相。"照片很快就冲洗出来了，这是贝塔的一个完整的手骨影像，连她戴在无名指上的结婚戒指也可以看得清清楚楚。

伦琴夫人手部的X光照片，在科学领域引起了巨大的轰动。医学界和科学界随即把X射线应用于医疗诊断和物质结构的研究中。

由于这种光线在当时还是个未知数，所以伦琴将它命名为X射线。X射线能透视人体，显示出骨骼和内脏的结构，准确地指出病变部位和其他情况，便于确诊治疗。由于这一重大发现，伦琴获得了1901年的诺贝尔物理学奖。为了纪念伦琴的伟大贡献，人们也把X射线称为伦琴射线。

伦琴的成功与他的勤奋和对工作的热情、专注是分不开的。他所从事的物理研究工作，在外人看来是极其枯燥的，可他却对此充满了极大的兴趣。爱因斯坦曾说："兴趣是最好的老师。"同学们，你对什么感兴趣呢？赶紧培养和挖掘出自己的兴趣，然后向着那个方向努力吧！

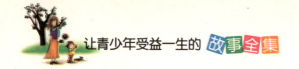

猴子种葡萄

从前，有一只猴子很喜欢吃葡萄。有一天，他决定自己种一些葡萄，这样可以吃个够。但它不知道怎么种葡萄，就决定下山去向农民学艺。

猴子来到一户农家的葡萄园里，看见农民正在给葡萄浇水，便想："原来种葡萄需要水，这还不容易！"于是，它把葡萄苗插进河里。几天后，它来到河边，想看看秧苗长多高了，谁知葡萄苗已经在水里泡烂了。猴子很沮丧，它嘀咕道："看来我的方法有问题啊！我应该再去向农民学一学。"

于是猴子又来到

葡萄园里。这次，农民正在给葡萄施肥，猴子一见，恍然大悟似的说道："哦！怪不得我的葡萄没有成活，原来种葡萄需要肥料！听说牛粪是很好的肥料……"这下，猴子把葡萄种在粪堆上。几天后，它来到粪堆旁，想看看葡萄苗长势如何。结果，它看到的却是枯黄的葡萄苗。

猴子纳闷了，怎么又出错了呢？它只好再次来到葡萄园里。这时已经到了冬天。农民正忙着用稻草把葡萄苗包起来埋在地下。猴子看到这个情景，感叹说："难怪我的葡萄会死掉，原来葡萄害怕寒冷！"

第二年春天一到，猴子就用稻草把葡萄苗包得严严实实，然后埋到了地下。可是，直到冬天，葡萄秧苗也没有从地下长出来。

猴子真可笑！它不懂得葡萄生长的自然规律：看见农民给葡萄浇水，就以为葡萄生长只需要水；看见农民施肥，就以为葡萄只需要肥料。他盲目模仿农民的行为，结果一次又一次地遭遇了失败。我们在做事情的时候，可要对事物的特点和发展规律做一个详细的了解，不要一知半解就盲目行事哦。

花盆与大厦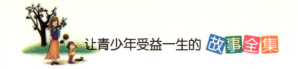

19世纪，法国有一个名叫莫尼尔的人，他的家里有一座非常漂亮的温室，里面种满了各种各样的花草。由于当时的花盆都是用陶瓷做的，莫尼尔在搬动花盆的时候，常常一不小心就把花盆给打碎了，有的花草也就因此死掉了。

莫尼尔对此大伤脑筋，下决心要制作一种更坚固的花盆。他尝试了各种各样的方法，并使用了很多不同的材料。

一次，当莫尼尔准备用水泥来制作花盆时，却发现水泥不够了，于是他便把一些沙土放在了水泥里面。没想到，用沙土和水泥混合而成的材料做出来的花盆比原先的陶瓷花盆结实多了。

可是，没过多久，莫尼尔发现这样的花盆比

较容易开裂。怎么办呢？他冥思苦想，终于想出了一个好办法，就是先给水泥花盆做一个骨架，再在里面填满水泥浆，然后再在铁丝外面抹上一层水泥。说干就干，莫尼尔按照这样的想法真的做出了一个既坚固又美观的花盆——这就是世界上最早的钢筋混凝土（水泥）制品。

后来，法国建筑学家蒙尼亚利用史密顿的"水泥花盆"原理制作出了钢筋混凝土，为水泥的应用开辟了新的领域，给建筑业带来了革命性的变化。

19世纪后期，俄国建筑学家列柳布斯基开始利用水泥来建造高楼大厦和跨河大桥。从此，水泥成了建筑业中最重要的角色。而这一切，都应该感谢史密顿和他的水泥花盆。

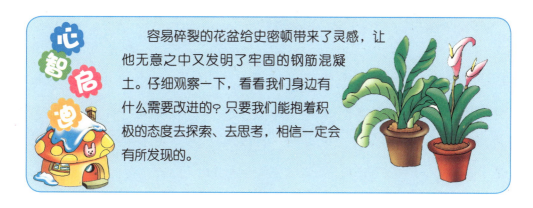

容易碎裂的花盆给史密顿带来了灵感，让他无意之中又发明了牢固的钢筋混凝土。仔细观察一下，看看我们身边有什么需要改进的？只要我们能抱着积极的态度去探索、去思考，相信一定会有所发现。

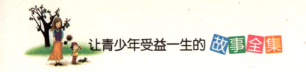
毛拉的故事

从前，伊朗有一个很聪明的人，名叫毛拉。毛拉常常把钱罐子埋藏在他家附近的一个废墟里。每当他有了现钱，就放进去，然后记上账。

离废墟不远的地方有个香料店，店老板发现毛拉经常进出废墟，便起了疑心。后来，店老板秘密观察毛拉的一举一动，知道了毛拉的秘密，就把毛拉埋藏的41个银币全偷走了。

毛拉丢了钱，心里很懊恼。但他猜到偷钱的人很可能是香料店的老板，于是他想出了一条计策，决定拿回自己的钱。

这一天，毛拉挠着头走进香料店，面露难色地央求老板："劳驾，请您帮我算算账：36个银币加上72个银币是多少？""是108个银币。"老板回答道。"那再加上41个银币呢？""是149个银币。""这么说，我再凑一个银币，就是150个银币了。"毛拉谢过老板后就走了。

财迷心窍的店老板把毛拉请他算账这件事细细琢磨了一番，认为毛拉肯定还有存钱，并准备把这些钱也放到藏在废墟的那个钱罐子里去。于是，他把偷来的那41个银币又放回了原处。

第二天，毛拉走进废墟，待了很久才出来。店老板见毛拉走远了，心想这回就要发财了。他急不可待地找到毛拉藏钱的那个地方，伸手到罐子里去掏。结果，他没有掏出钱来，却抓了满手的粪便！

毛拉是个机智而又幽默的人。他抓住店老板贪得无厌的心理，不但拿回了自己的41个银币，还狠狠惩罚了他，让他有苦说不出来。我们应该向毛拉学习，做一个机智幽默的人。因为机智幽默能够帮我们轻松解决许多难题。

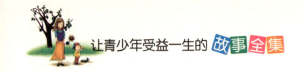

马克·吐温的幽默

马克·吐温是美国著名的作家，也是世界著名的幽默大师。

一次，他收到一位初学写作的青年的书稿和来信。年轻人在信中说："听说鱼骨里含有大量的磷质，而磷有助于补脑，那么要成为一个举世闻名的大作家，就必须吃很多很多的鱼才行。请您告诉我，我该吃多少鱼呢？"

马克·吐温看了书稿和信后，只回了一句话："看来，你得吃一条鲸才成。"青年看到回信后，羞愧极了，因为他明白了马克·吐温的意思：学问不是靠投机取巧，而是靠努力得来的。

还有一次，一位百万富翁的左眼坏了。他花了很多钱请人给

自己装了一只假眼。这只假眼十分逼真，乍一看，谁也不会认为是假的。于是，百万富翁十分得意，常常在人们面前炫耀。

有一天，富翁在街上碰到了马克·吐温，就问："你知道我的哪一只眼睛是假的吗？"

马克·吐温指着他的左眼说："这只是假的。"

那位富翁很惊讶地说："你真厉害，别人都看不出我的假眼，你怎么一看就看出来了呢？"

马克·吐温笑着说："很简单，因为比起你的右眼，左眼里还有一点点慈悲。"富翁听了他的话，气得浑身发抖，但是一句反驳的话也说不出来。

一个懂得幽默的人往往是充满智慧的，就像故事里的马克·吐温一样。对很想进步但又找不到方法的年轻人，他采用善意的玩笑提醒他该怎么做；对虚伪虚荣的富翁，马克·吐温则是毫不留情地讽刺与嘲笑。幽默可以帮人摆脱困境，消除烦恼，让我们的生活多一些幽默与智慧吧！

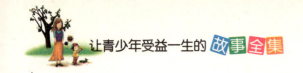

妙语连珠的伏尔泰

法国作家伏尔泰也是著名的幽默大师。

一次，一个读者给伏尔泰写了一封长信，表达了自己的仰慕之情。出于礼貌，伏尔泰回了信，感谢他的深情厚谊。可从那以后，每隔十来天，这个人就会给伏尔泰写一封信。伏尔泰总是礼貌地回信。终于有一天，伏尔泰忍不住了，只回了一行字的信："读者阁下，我已经死了。请别再给我写信了。"不料几天后，伏尔泰还是收到了回信，信封上写道："谨呈在九泉之下的、伟大的伏尔泰先生。"伏尔泰赶忙回信："望眼欲穿，请您

快来。"此后，这位读者再也不敢写信打扰伏尔泰了。

后来，伏尔泰因为得罪了奥尔良公爵而被囚禁在巴士底狱里。出狱后，吃够了苦头的伏尔泰知道公爵这个人冒犯不得，便去感谢他的宽宏大量。伏尔泰满怀感激地说："公爵，您真是助人为乐，为我解决了这么长时间的食宿问题，我衷心地向您表示感谢。可今后，您就不必再为我操心啦。"公爵听后不禁开怀大笑。

伏尔泰信奉唯物主义，排斥宗教信仰。当他到了八十四岁高龄时，一个牧师不请自来为他祈祷忏悔。伏尔泰非但没有领情，还追根究底，一本正经地盘问起牧师的身份来："牧师先生，是谁叫你来的？""伏尔泰先生，我受上帝的差遣来的。"牧师庄严地回答。"那请你拿出证件给我看看，验明正身，以防假冒。"牧师没办法，只好灰溜溜地走了。

伏尔泰是善于运用幽默的人。他巧妙地用幽默把那些对他盲目崇拜和有不良动机的人加以调侃，让无形的"舌战"变得诙谐生动。面对立场不同的人，我们怎样才能既保持自己的立场又能维持好彼此的关系呢？其中，幽默机智的语言是必不可少的。相信多几分幽默感，你便会收到意想不到的效果。

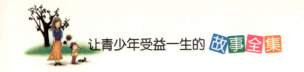
巧舌如簧的谢里登

　　谢里登是爱尔兰著名的剧作家，曾经担任过国家下议院的议员，拥有"睿智的议会雄辩家"的美称。

　　谢里登在担任下院议员时，曾和另一位议员发生了争论。他对那位议员言不由衷的行为感到非常气愤，并当面指责他是说谎家。那位议员也是个有身份的人，见自己被谢里登当众指责，觉得面子上很过不去，就请下议院院长为自己挽回面子。

　　第二天，下议院院长要求谢里登当众向那位议员道歉。理由是他的话带有侮辱性。于是谢里登便向那位议员"郑重"道歉

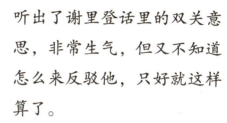

说："我是说过尊敬的议员先生是个说谎家，这一点儿不假，对此，我深表歉意。"那位议员听出了谢里登话里的双关意思，非常生气，但又不知道怎么来反驳他，只好就这样算了。

还有一次，谢里登走到伦敦街上，迎面碰上了两个公爵。这两个公爵自恃身份高贵，总瞧不起作家出身的谢里登，每次遇到总会刻薄地挖苦讽刺他。

这次，他俩假装很亲热地与谢里登打了招呼，其中一个拍拍谢里登的肩膀说："喂，谢里登，我们正在争论你这个人是更无赖些呢，还是更愚蠢些。"

"哦。"谢里登看出了他俩的不怀好意，于是立即站到他们中间，用手挽着他们说，"我相信我正处于这两者之间。"

心智启迪

在许多场合，谢里登都用他那巧如弹簧的口舌为自己解除了麻烦，赢得了自尊。事实就是这样的，机智幽默的口才不仅可以赢得他人的好感，获得众多的支持和理解，还能毫不留情地反驳恶意的攻击，捍卫自己的尊严。所以我们在平时要注意培养自己这方面的能力。

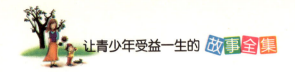

宋定伯捉鬼

　　古时候，南阳郡（今属河南南阳）有个名叫宋定伯的人。他遇到事情总是特别镇定，因此人们都很佩服他。

　　一天晚上，宋定伯从朋友家回来时，看见前面有个人也在赶路，便搭话说："喂，朋友，你从哪来？这么晚了还赶路呀！"那个人回答说："我是赶夜路的鬼。"宋定伯一听，丝毫没有害怕，还对鬼说自己也是个鬼，要求和鬼结伴而行。

　　两人走了一会儿，鬼说："这样走太累了，不如咱们俩轮流背着走吧。""这个主意不错。"宋定伯同意了。

　　"我先背你吧。"鬼说着一下子就把宋定伯背了起来。"你

怎么这么重啊，你到底是不是鬼啊？"
鬼怀疑地说。"我是新鬼，所以比
较重，等过一段时间就会好的。"
宋定伯回答道。

轮到宋定伯背鬼了，鬼好像一
点儿分量也没有，背起来特别轻。
宋定伯边走边问："我是新鬼，什么都
不懂，还得请您多指教指教呢。"鬼
说："不要客气，我知道的一定会告诉
你。"宋定伯于是问道："咱们鬼
最害怕和忌讳什么啊？"鬼说：
"只要不要让人的唾沫沾到你，
就什么事都没有，要么你就会变回以前的样子的。"

宋定伯听完后，一下子把鬼扛到了肩上，紧紧地箍住，又
朝它狠狠地吐了几口唾沫，鬼一下子变成了一只羊。第二天，
宋定伯把羊牵到集市上，卖了一千五百文钱，然后高高兴兴地
回家去了。

心智启迪

智慧是最有效、最及时的防身术。宋定伯在遇到鬼后，丝毫没有慌张，而是机智地与鬼斗智，最终活捉了鬼，并且还卖了钱。其实，世界上是没有鬼的。这个故事只是要告诉我们：人们在恶势力面前不要退缩，应该勇敢机智、沉着冷静地面对。这样，我们就会战胜恶势力的。

添字得驴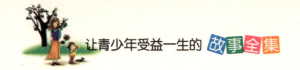

诸葛瑾是三国时期东吴的谋臣，他由于脸长得特别长，因此常常遭到别人的取笑。

有一次，东吴国主孙权处理完朝政，一时高兴，便把大臣们留下来喝酒。喝到一半的时候，孙权看到诸葛瑾的长脸，便想到了一个找乐子的办法。他命人牵来一头驴子，又在驴子的脸上贴了一张纸，并在上面写下四个大字：诸葛子瑜。

大臣们见了，都瞅着诸葛瑾哈哈大笑起来。原来，诸葛瑾的字是子瑜，孙权是以驴脸来比喻诸葛瑾的脸长。

面对众人哄堂大笑，诸葛瑾手足无措，羞得满脸通红，恨不得找个地缝钻进去。

那天，正好诸葛瑾十五岁的小儿子诸葛恪也随父上朝了。他见父亲被人嘲笑，决心一定要替父亲挽回面子。

于是，他跪倒在地，对孙权说："请陛下恩准，微臣想再添两个字。"

孙权很是好奇，当即命人拿笔给诸葛恪，看他到底想添什么字，众大臣也都睁大了眼睛看热闹。只见诸葛恪拿起笔来，旁若无人地在纸上添了"之驴"两个字。大家一看，满座称奇，都夸赞诸葛恪的聪明，就连孙权也竖起了大拇指。

孙权见取笑不成，便顺水推舟，笑着对诸葛恪说道："既然是诸葛子瑜之驴，那你就帮你父亲牵回家去吧！"这样，诸葛恪不仅为父亲打了圆场，而且顺手得到了一头健壮的驴子。

看着孙权取笑父亲，诸葛恪急中生智，想出了一个风趣幽默的解决办法，结果既没有得罪孙权，又挽回了父亲的面子，同时还得到了一头健壮的驴子。这多好呀！生活中，我们碰到别人取笑的时候，也可以学一学诸葛恪，想个风趣机智的办法来解决问题！

偷懒的驴子

从前，有个盐商买了一头驴子。他每天都要赶着驴子去海边贩盐。

有一天，盐商和驴路过一条小河的时候。驴子一不小心跌进了河里。等它费了很大力气从水里爬上岸后，却发现背上的袋子轻了许多。"真好！这可是个新发现，原来东西掉到水里会变轻呀！"驴子高兴极了，它哪里知道这是因为盐溶化在水里使得袋子变轻了呀。

盐商看着空了一半的盐袋，只好赶着驴回到海边又装了一些盐。这样，驴的负重更大了。他们回去的路上又路过那条小河。这次，驴子想到上次的经验，故意脚下一滑，跌进

河里，而且在河水里待了好长时间，直到背上的盐溶化了一大半。驴背上的盐又轻了许多。驴子很得意，觉得自己太聪明了，它暗暗想：以后再出来驮盐就用这种办法。可它的这点小心眼一下子就被盐商识破了。盐商什么也没说，赶着驴回家了。

第二天，他们又来到海边的集市。这次，盐商买了几大包棉花放在驴背上。棉花包看起来很大，但比起盐来，还是轻多了。

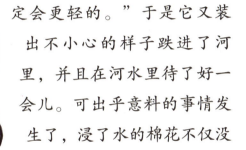

虽然这样，驴还是想减轻点负担。终于又到了那条小河，驴子心想："这么轻的东西，如果再掉进水里，一定会更轻的。"于是它又装出不小心的样子跌进了河里，并且在河水里待了好一会儿。可出乎意料的事情发生了，浸了水的棉花不仅没轻，反倒越来越重，压得驴子一个劲儿地往下沉。驴子吓坏了，它高声喊道："主人，救命啊！"商人笑着把喘着粗气的驴拉上了岸，对它说："怎么样？这回更轻了吧？"驴子低下头，迈着沉重的步子向村子走去，心里别提多后悔了。

看见盐浸水以后变轻了，驴子以为棉花浸水以后也会变轻。真是聪明反被聪明误，这头自作聪明、偷懒的驴子，最终受到了应有的惩罚。生活中，我们每个人对待自己应做的工作，一定要踏踏实实、勤勤恳恳，否则就会落得像驴子一样的下场。

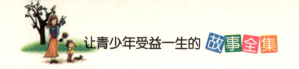
徐文长巧治恶霸

徐文长十五岁那一年，去舅舅家探亲。无意中，听到乡亲们讲起当地有个恶霸。那个恶霸仗着一身蛮力，整天横行霸道，欺压老百姓。看到百姓们深受其苦，徐文长决定制服这个恶霸，于是他约恶霸到村口的小河边比试力气。

比赛那天，村口小河边站满了人。大家都为小小年纪的徐文长捏了一把汗。

比赛开始了。徐文长指着石板上一只正在爬行的蚂蚁，对恶霸说："都说你力大无穷，你能一拳把这只蚂蚁打死吗？"

恶霸哼了一声，举拳就朝石板上打去，最后，石板断裂

了，恶霸的手也流血了，可是蚂蚁仍然在石板上爬来爬去。
"真没用，我只要用一根小指就可以把它打死。"徐文长说着
伸出小指，一下子就把蚂蚁压死了。

徐文长说道："你敢再和我比试一回
吗？如果你真的力大无穷，那咱们看看谁
能把船按到水底去。"

第一次比试恶霸输得
不服气。这一次，他急
不可耐地跳上停靠在岸
边的一条小船，使劲将
船往下按。可是他使尽力气，
船还是照样浮在水面上。最后，他只得耷拉着脑袋下了船。

徐文长来到船边，只用一只手这么往下一按，不一会儿船
就沉到河底去了。恶霸吓得赶忙拨开人群溜走了。

徐文长是怎样把船按到水里去的呢？其实很简单，他提前
在船上凿了个洞。轮到他时，他偷偷把小洞的木塞拔掉，让水
流进去，船于是就沉下去了。

读完故事，我们知道：其实徐文长并不是靠力
气而是用他的聪明才智战胜了恶霸，为乡亲们出
了口恶气。要知道，有时候，光靠一股子蛮力是
办不成事情的。我们必须要努力思考，开动脑
筋，那样才会顺利地解决问题。

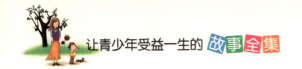

揠苗助长

从前，有个宋国人靠种庄稼为生。有一年，碰上了大旱，几个月没下一场雨。眼看着禾苗已经插进稻田里一个多月了，可没怎么长高。这可把宋国人急坏了。

这一天，宋国人锄草累了，坐在田埂上休息。他望着阳光下奄奄一息的禾苗，一阵焦急涌上心头。他自言自语地说："禾苗呀，你知道我每天种地多辛苦啊！求求你们，快点儿长高吧！"他一边心急如焚地念叨，一边烦躁地去拔衣服上的一根线头。线头没扯断，却拉出来了一大截。望着线头，宋国人脑子里突然蹦出了一个念头："对呀，禾苗

长不高，我帮它拔高不就行了吗！"他一时来了劲，一跃而起，开始忙碌起来……

太阳下山了，月亮就要升起来了，宋国人仍然在田里忙碌着。此时，他的妻子早已做好了饭菜，等着他回来。"以往这时候早该回来了，会不会出什么事了呢？"她有点担心。

这时，门"吱呀"一声开了，宋国人满头大汗地回来了。他一进门就兴奋地说："今天可把我累坏了！但总算把问题解决了。"

"什么问题解决了？"妻子问。"我们田里的禾苗不是一直不见长高吗？我今天把它们都拔出来了一些，它们一下子长高了很多……"宋国人边说边比划着。

"什么？你……"妻子大吃一惊，她连话也顾不上说完，就深一脚浅一脚地跑到田里去了。可是一切都晚了，因为禾苗已经全都枯死了。

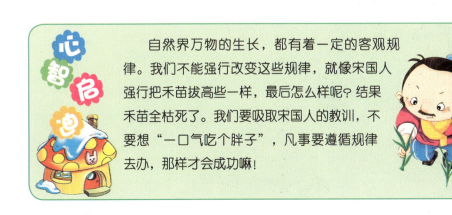

心智启迪

自然界万物的生长，都有着一定的客观规律。我们不能强行改变这些规律，就像宋国人强行把禾苗拔高些一样，最后怎么样呢？结果禾苗全枯死了。我们要吸取宋国人的教训，不要想"一口气吃个胖子"，凡事要遵循规律去办，那样才会成功嘛！

应该禁止月亮再亮

　　唐朝中后期，岐王李茂贞割据一方。他为了筹措军费，规定所有油类都要统一到官府部门购买，包括点灯油。当时，老百姓已经被官府搜刮得没有钱了，可是那也不能不点灯呀，于是他们千方百计地寻找油灯的代用品。

　　后来人们发现"松树明子（带有松脂的松树枝）"是很好的照明物，于是都上山去砍伐"松树明子"来照明。

　　有一天，管油库的官员气喘吁吁地跑过来向李茂贞报告："岐王，不好了，老

百姓都不来买油了！"岐王的眉头立刻皱起来了，他说："怎么回事啊？难道他们晚上都摸黑不成？"手下人说："回大人，听说老百姓都在点'松树明子'。"

李茂贞勃然大怒，命令道："传令下去，以后禁止砍伐松树！违者大刑伺候！"

就这样，一条禁伐松树的法令出笼了。这可害苦了穷困的老百姓。

有个叫张廷范的人听说了这件事情，便来找岐王，对他说："您不让人们砍松树，老百姓也可能同样不买油，您的禁令还是没用啊。"

"听你那意思，我还应该禁什么呢？"岐王李茂贞大惑不解地问。

张廷范一本正经地答道："应该禁止月亮再亮。"

岐王一听，愣了一下，明白过来。他哈哈一笑，对下面的人说："算啦，把禁伐松树的禁令取消了吧。"

心智启迪

张廷范是个机智幽默的人，他用"禁止月亮再亮"的说法，巧妙地暗示了岐王的错误，从而替老百姓免去了一条不合理的禁令。故事启迪我们在生活中要掌握说话的技巧，遇到难题或与人发生矛盾时，采用机智幽默的说话方式，说不定就能将难题或矛盾很快化解了。

幽默的海明威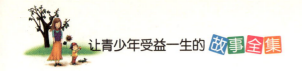

美国文学家海明威是个特别机智幽默的人。

在西班牙旅居的时候，海明威想在休闲时间钓钓鱼。他习惯用纽约梅西商店的鱼竿，于是，他就给梅西商店写了封信，要求邮购一副鱼竿，并且寄去了现款。可是对方一直没有回信。海明威于是又写了一封信："十一个星期以前，我向你们订购了一副钓鱼竿，并将钱如数寄去。可你们为什么收下我的钱却没有寄给我鱼竿呢？难道你们打算用我的鱼竿去钓鱼吗？如果是这样的话，请给我寄鱼来。因为这鱼是用海明威的鱼竿钓的……"

商店负责人受到信后，深感惭愧，马上派人给海明威寄来了鱼竿。

海明威住在美国某州时，正碰上这个州竞选州长。有个参加竞选的议员知道海明威很有声望，想请求海明威替他写一篇颂扬文章，帮他拉一些票。当他向海明威提出这个要求时，海明威一口答应了。

第二天，议员高兴地收到了海明威送来的一封信，拆开来一看，里面装着的竟是海明威给夫人的一封情书。议员以为是海明威匆忙弄错了，便把原件退回。没过多久，海明威又送来第二封信。议员打开一看，竟是一张遗嘱。于是，他就亲自找海明威想问一问究竟。海明威无可奈何地说："我家里只有情书和遗嘱了，你还能叫我拿什么东西给你呢？"议员只得打消了让海明威帮他写文章的念头。

心智启迪

生活中我们常常会遇到这样或那样的难题，处理不当就可能给自己带来意想不到的麻烦。那怎么化解它们呢？这时候不妨学一学海明威，多多运用幽默和智慧吧。幽默和智慧可以说是人生的无价之宝。有了它们，生活便会多许多欢乐，我们做起事情来也要轻松许多！

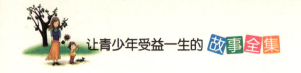

幽默的萧伯纳

　　萧伯纳是英国著名的戏剧家和评论家。他正直并富有幽默感，对那些不仁慈的富人和追名逐利的人，常常不留情面地加以讽刺。

　　一天，瘦削的萧伯纳在街上碰到了一位大腹便便的商人。商人上下打量了萧伯纳一番，讥讽道："看见你，人们会以为英国发生了饥荒！"萧伯纳回击道："看见你，人们就会明白饥荒的原因了。"这个商人顿时哑口无言，不知道该说些什么了。

　　在一个慈善晚会上，萧伯纳出于一般的绅士礼节邀请一位贵妇人跳舞。贵妇人

很是得意地说："萧伯纳先生，承蒙您邀舞，我实在受宠若惊，荣幸万分！"萧伯纳听出了话里的傲慢和得意，急忙说："快别这么说，我今天参加的可是慈善舞会呀！"言下之意是："我是看你可怜，才请你跳舞的。"

萧伯纳不仅言语犀利，还有着很强的预见性。他总是能在别人说话之前就知道别人要说什么。有一次，萧伯纳生病住院需要做手术。手术做完以后，医生想多捞点手术费，便说："萧伯纳先生，这个手术我们从来没做过，难度特别高！"萧伯纳一听，就看出了医生的意图，于是他笑道："这好极了，请问你打算付我多少试验费呢？"听到萧伯纳这么一说，医生只得把原来想说的话咽回了肚子。

心智启迪　　萧伯纳太聪明了！在面对商人的讽刺和医生的敲诈时，他运用幽默机智的话语毫不留情地回击了对方；面对傲慢的贵妇人，他又话里藏话，维护了自己的尊严。幽默可以让语言成为利器，发挥出强大的威力，让自己轻松摆脱困境，化解矛盾。

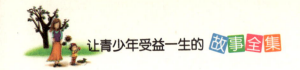

约翰逊总统的故事

林登·贝恩斯·约翰逊是美国第三十六任总统，据说他是一个非常幽默的人。

约翰逊年轻时曾担任过全国青年总署德克萨斯州分署的署长。一次，他看到一位下属的办公桌上杂乱地堆满了文件，就笑着走过去说："我希望你的思想不要像这张桌子这样乱七八糟。"这位下属费了好大的劲，把文件整理好并清理了桌面后，约翰逊又来他旁边，一看原来乱

糟糟的桌面变成空荡荡的了，又说："我希望你的头脑不要像这张桌子这样空荡荡的。"

约翰逊当上总统以后，很擅长用幽默的例证来阐述自己的观点。有一次，他为了让一些商业界的头面人物募捐资金跟苏联人进行导弹竞赛，就向大家讲述了这样的一个故事：

南北战争期间，一位南方人远离家乡，前去参加南军阵营。他告诉邻居自己很快就会回来，这场战争不会费力。"因为我们能用扫帚柄揍那些北方佬"。两年后，他才重返故里，而且还少了一条腿。邻居问他："你不是说过战争不费力，你们能用扫帚柄揍那些北方佬吗？""我们当然能，"这位南军士兵回答，"但是麻烦在于北方佬不用扫帚柄打仗。"

这些商业巨头听了，很快明白了约翰逊总统的意思，都决定募捐资金来与苏联人进行导弹竞赛。

幽默是约翰逊处理问题的方式。不论是对下属提出严格要求还是劝说商业界的头面人物募捐资金来支援国家，约翰逊总统总是不乏幽默，并能充分利用幽默机智达到自己的目的，这种富有技巧的沟通方式很值得我们学习。

愚人买鞋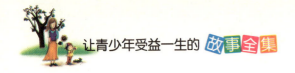

从前，有个人想买双新鞋子。他用稻秆比划了一下脚的长度，就到镇上去买鞋了。

到了镇上的鞋店，卖鞋的人拿出鞋子让他挑选。他摸了摸口袋说："哎呀，我忘了带稻秆了。"说完，他急忙往家中赶去。

到家后，妻子见他没有买到鞋，就问他是怎么回事。这个人把事情的原委说了一遍。妻子指着他的鼻子说道："你怎么这么笨啊？你自己不是长着脚的吗，你伸出脚一试不就知道合不合适了吗？"

他一听，拍着自己的脑门说到："夫人真聪明啊！我怎么就没有想到啊！"

第二天一大早，他又去镇上买鞋了。他在鞋摊上转悠了半天，终于看到了一双非常漂亮的鞋子。他真是太喜欢了，拿着那双鞋看了又看，摸了又摸，就是舍不得放下。店老板看他这么喜欢那双鞋，就劝他买下。

可他不知道尺寸是否合适，想起妻子告诉他用脚试鞋的事，就脱下旧鞋子来试穿那双漂亮的新鞋。可那双鞋太小了，他只能把脚掌放进去，后脚跟还露在外边一大截呢。怎么办呢？他突然灵机一动，向老板借了一把刀子。在老板惊讶的眼神中，他毫不犹豫地把自己的脚踩了一截，然后又把脚伸进鞋子里。"啊，穿进去了。虽然脚很疼，但总算买到一双鞋子了。"他满意极了。

心智启迪

故事里的那个人真是太愚蠢、太可笑了！要想知道鞋子是否合适，伸出脚试一试不就行了吗？可他竟然想出了拿稻草秆来量脚买鞋子的办法。后来，他又为了让脚穿进鞋子里去，竟然削去了脚后跟。他的愚蠢就在于不懂变通、生搬硬套，我们可不要犯像他那样的错误啊！

朱哈的故事

　　从前，阿拉伯有一个聪明有趣的人，名叫朱哈。有一次，朱哈对县官说："老爷知道吗，在您的辖区里有很多怕老婆的人。""不见得吧！我怎么不知道呢！"县官不承认自己的辖区会有怕老婆的人，于是朱哈就跟他打赌说："如果我找到一个，老爷就让那人给我一头驴子，好不好？"县官见不会损害到自己的利益，就答应了。

　　朱哈四处寻找怕老婆的人，找到了，就宣布县官的命令，牵走他的一头驴子。没过多久，朱哈就赶着一大群驴回来了。他对惊讶的县官说："老爷！这次出门我还有一个收获，就是给您带回来一个绝色美人。"县官眉开眼笑，连连用手示意朱哈说："轻点！不要让我夫人听见，否则她一定会大闹的。"朱哈哈哈大笑说："老爷，原来你也怕老婆呀。快给我一头驴吧！"县官只得乖乖地给了朱哈一头驴子。

　　一个大热天，朱哈到朋友家

去做客。主人端上了一大杯杏子露，并递给朱哈一把小小的铜勺，自己则用一把大铜勺。杏子露甜凉味美，主人一舀就是一大口，每咽下一口都说一声："啊，好喝死了！"朱哈使劲地舀，每次只能舀到一点点。他看到朋友的舒服样，心里很不痛快，就对朋友说："请你给我换个大勺，让我也死一下吧。"

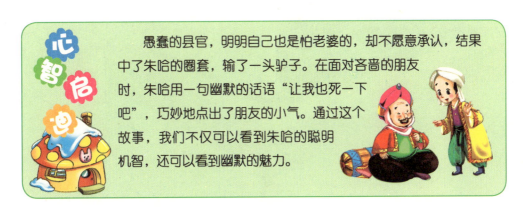

愚蠢的县官，明明自己也是怕老婆的，却不愿意承认，结果中了朱哈的圈套，输了一头驴子。在面对吝啬的朋友时，朱哈用一句幽默的话语"让我也死一下吧"，巧妙地点出了朋友的小气。通过这个故事，我们不仅可以看到朱哈的聪明机智，还可以看到幽默的魅力。

3 第三章

FAMING FAXIAN GUSHI

发明发现故事

美滋滋的冰淇淋是怎么发明的？自行车是怎么发明的？让火车在地下行驶是谁想出来的……这些给我们生活带来许多方便和快捷的发明发现，是不是让你赞叹不已呢？读完本章的小故事，你就会发现：这些发明发现虽然很伟大，可它们并不是神秘莫测的；那些发明发家们也不是什么天才，他们只是拥有比一般人更坚定的梦想，付出了比普通人更多的努力，在别人习以为常的地方多问了几个为什么。你想成为"发明大家"吗？那就从现在开始，确定你的梦想并为它付出努力吧！

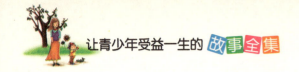

艾克曼喂小鸡

19世纪末期，在荷兰殖民地东印度群岛上，脚气病每年都会夺走数万人的生命。当地医生对此无能为力，荷兰政府只好派遣一支医疗队前往援助。经过近两年的研究，这些医疗专家们从患者的血液中找到一种球菌，并认为这种球菌就是脚气病的元凶。但如何杀死这种球菌，专家们一时也找不到解决办法，只好回到了荷兰。

艾克曼是这些专家中的一员。回到荷兰后，很多专家都放弃了研究，而艾克曼继续寻找着治疗脚气病的方法。有一天，艾克曼得知一家养鸡场的小鸡也患上了类似的病。于是他找了一只患病的小鸡来化验，结果发现小鸡的体内竟然存在着与脚气病人身上一样的球菌。艾克曼从患病小鸡的胃里取出一些食物给健

康的小鸡吃，看健康的小鸡是否会患病。结果，那些小鸡安然无恙。艾克曼因此而认定，脚气病并不是由球菌引起的！一定另有元凶。

过了几天，一件令艾克曼意想不到的事发生了——那些患脚气病的小鸡全都痊愈了。艾克曼经过了解后得知，养鸡场里一直是用白米饭喂小鸡，但最近新来的饲养员觉得这样太浪费，就改用糙米喂。由此，艾克曼断定糙米中含有治疗脚气病的物质，因此他让那些患脚气病的人也吃糙米。结果，他们果然都痊愈了。

后来，几位科学家从糙米中成功地提炼出了多种人体所必须的物质，并命名为"维生素"。

心智启迪

面对众多医疗专家的研究结果——脚气病是由一种球菌引起的，艾克曼敢于怀疑，并通过科学实验排除了这一推断。不仅如此，艾克曼最后还找出了治疗脚气病的方法，为人类医学的发展做出了杰出的贡献。可见，怀疑态度和努力探索的精神是多么的重要！同学们在学习中可要学习这种精神哟！

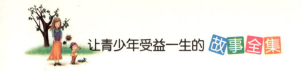

暗房中产生的人造丝

1878年的一天，法国化学家夏尔多在暗房中冲洗照片时，不小心把一瓶柯罗定（柯罗定是一种由乙醚和酒精混合而成的硝化纤维溶液）碰洒了。由于夏尔多当时忙着冲洗照片，所以没有立即进行清理。

而当他终于有时间来清理污渍时，却突然发现，桌面上一部分溶液已经蒸发掉了，留下了一层厚厚的东西。夏尔多拿起抹布，想把脏东西擦掉，却又发现脏东西黏黏的，将抹布粘住了。当他把抹布提起来时，脏东西随即被拉成了一束束细长的纤维。夏尔多感

到万分诧异，紧紧盯着这些纤维。他发现，这些纤维与他曾经接触过的蚕丝非常相似，纤细而且闪着亮光。突然，他脑中灵光一闪，也许这些纤维能够代替蚕丝应用于工业生产呢。如果是这样的话，这可是个重大发现。

其实，夏尔多也一直在研制人造丝，只是一直没有取得进展。没想到，这次小小的意外却给他带来了重大的启发。从此，他开始潜心研究如何利用柯罗定制造能用于工业生产的人造丝。

经过六年艰辛的研究和无数次的实验，夏尔多终于研制出了能够广泛用于工业生产的人造丝，为人类做出了巨大的贡献。如今，我们所穿的很多衣服都是用人造丝制成的……

夏尔多意外发现"脏东西"形成的一束束细长的纤维非常像蚕丝，因此想到了把它作为丝来用，从而发明了人造丝。故事告诉我们，当你发现某种特殊现象的时候，不妨认真研究一下，也许我们能从中得到有益的启发，做出一项新发明呢。

薄饼小贩卷出冰淇淋

汉威是20世纪初美国的一个卖薄饼的普通小贩。这个薄饼小贩可不简单，他灵机一动而发明了人人爱吃的蛋卷冰淇淋。

1904年，美国密苏里州的圣路易斯城举办世界博览会时，汉威和另一个冰淇淋小贩在博览会会场附近摆摊。由于当时正值酷暑，所以很多人都来买冰淇淋解暑。

不一会儿，卖冰淇淋的小贩用来盛装冰淇淋的纸碟子用完了。怎么办，用什么来装冰淇淋呢？冰淇淋小贩急得团团转。其实汉威也在着急，因为天太热，很多人都不买吃了令人更加口渴的薄饼。见到冰淇淋小贩着急的样子，汉威灵机一动，心想，可以把我的薄饼卷成一个筒来盛装冰淇淋啊。

于是他把自己的薄饼卷成圆锥形，请冰淇淋小贩往里面盛装冰淇淋，然后一边美滋滋地吃着，一边对冰淇淋小贩说："老兄，我们干脆合作吧！就用我的薄饼卷成筒，给你盛放

冰淇淋，你看怎么样？""果然是好主意！"卖冰淇淋的小贩马上转忧为喜。

于是，在那个炎热的下午，冰淇淋就这样一勺一勺地放在薄饼卷成的筒里卖了出去。没想到，这种新式的冰淇淋比原先用纸碟装的冰淇淋更加受欢迎。由于出席世界博览会的人来自世界各地，因此蛋卷冰淇淋很快就风靡世界了。

汉威看到冰淇淋小贩没有盛装冰淇淋的碟子，而自己的薄饼又卖不出去，就积极动脑筋，想到了两者合作，从而发明了蛋卷冰淇淋。蛋卷冰淇淋的产生也许是一件很偶然的事情，但它是汉威积极面对现实、随机应变的结果。这种态度是值得我们学习的。

不甘失败发明的口香糖

　　19世纪，墨西哥将军桑塔·安纳去原始森林探险时，发现森林里有一种人心果树能分泌类似橡胶汁一样的树胶，便劝说美国商人亚当斯和他一起做生意，把人心果树的树胶制成橡胶再拿到美国市场上去卖。后来，亚当斯答应了，并和桑塔·安纳把一大批人心果树树胶运到了美国。

　　可是，经过反反复复的实验，他们并没有把这种树胶制成橡胶。这时，桑塔·安纳眼见前途无望，就撇下亚当斯走了。亚当斯对桑塔·安纳的行为感到非常气愤，但他并没有灰心。他想，这种树脂做不成橡胶，说不定可以做别的呢。

　　一天，亚当斯路过一家小药店时，看到店员正在向一个小女孩卖石蜡。小女孩付完钱后，把石蜡放在口中，悠闲地咀

嚼起来。原来，这种石蜡是由人心果树树胶做成的，很多人常常把它放在嘴里咀嚼来打发时间。亚当斯突然想起桑塔·安纳曾经也常常把人心果树的树胶放在嘴里咀嚼。想到这里，亚当斯灵机一动，然后急急忙忙回家了。

原来他想到了一个利用人心果树胶的好办法：先把那些人心果树树胶放进热水里，加入糖和香料，将他们搅拌成黏稠状，然后再把这些黏稠的东西揉捏成一个个小圆球，包上五颜六色的花纸制成像糖果一样的东西，最后再拿到商店里去卖。

亚当斯没有想到的是，当他把这些东西拿到商店里去卖的时候，受到了顾客的热烈欢迎，以至于第一批很快就销售一空。口香糖就这样诞生了。

心智启迪

当遭遇失败时，亚当斯没有放弃，而是努力寻求解决问题的办法。最后，他终于获得了回报——发明了口香糖。当我们遭遇挫折时，要像亚当斯学习，不要灰心，而要从另外的角度想想，积极寻求解决办法，那样也许就会有收获呢。

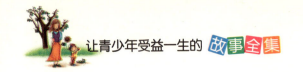

查理斯学老鼠"打洞"

查理斯是19世纪中期英国的一名法官，他为什么要学老鼠"打洞"呢？原来，那个时候，伦敦人口增长很快，而城市道路狭窄，交通非常拥挤。市民们对此意见很大。伦敦政府一时也想不出什么好办法，为了尽快缓解日益加剧的交通压力，他们决定向社会征求良策。

这时，查理斯因为经常处理因交通事故引发的纠纷，对伦敦城市的交通现状逐渐有了全面而深刻的认识，他也一直在思考改善交通的办法。后来，他想到了火车，因为火车载客量大，速度又快。不过，火车行驶需要轨道，在狭窄的街道上怎么可能再建轨道呢？这让查理斯感到沮丧。

有一天，查理斯在家里打扫卫生，无意中发现墙角有个老鼠洞。查理斯突发灵感："老鼠无法在地上活动，它们就潜入地下。如果在地下铺上轨道，火车不就可以行驶了吗？如果让很多辆火车形成一个地下交通网络，那整个城市的交通不就可以得到改善了吗？"有了这个设想，查理斯兴奋极了。

1843年，查理斯向伦敦政府提出修建地下铁道的建议。政府部门经过反复讨论和论证，最终采纳了他的建议。

1860年，伦敦政府组织了近千名工人，开始修建地下铁道。经过三年多的艰难施工，世界上第一条浅层地下铁道终于建成并投入运营。如今，地铁早已遍布全世界的各大城市，大大方便了人们的生活。

创新发明来源于生活却又高于生活。查尔斯看到老鼠打洞，竟然想到了在地下铺设轨道让火车行驶的办法，这个办法大大改善了城市拥挤不堪的交通状况。看来，如果细心留意生活中的一些小事，并多多动脑筋，动手去实践，就会有意外的收获。

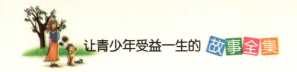
从天而降的勒诺尔芒

　　勒诺尔芒出生在法国一个知识分子家庭，从小喜欢看书，富有想象力。他儿时曾经有一个梦想：要是人能像小鸟一样用翅膀飞到地上，就可以不用走楼梯了。当他把这个想法告诉伙伴们时，伙伴们都笑他异想天开。

　　可是，勒诺尔芒却没有因为别人的嘲笑而放弃自己的梦想。从那以后，他一直为了这个梦想而努力。后来，大学毕业后，勒诺尔芒经过多年的研究和反复实验，终于设计出了世界上第一个

真正意义上的降落伞，并决定到高塔上试降。

试降那天，闻讯赶来的人将高塔围得水泄不通。当时，几乎没有人相信勒诺尔芒会成功。可是勒诺尔芒并没有退缩。为了安全起见，他把一些略重于体重的石头绑在降落伞上，然后从塔顶上抛下去。

令人惊奇的是，石头并没有像人们所料想的那样快速落到地上，而是徐徐降落在地面上。这么一来，勒诺尔芒信心大增，准备亲自乘降落伞降落。围观的人们都睁大眼睛，屏住呼吸，生怕眼前会发生什么惨剧。

可是，勒诺尔芒乘着降落伞跳出塔外后，像一只小鸟一样在空中悠悠地飞翔，最后缓缓地安全降落，什么意外也没有发生。周围的人们轰动了，不禁齐声为勒诺尔芒喝彩！就这样，降落伞诞生了。

心智启迪

伟大的发明源自伟大的梦想。勒诺尔芒从小就树立了"像鸟儿那样缓缓地降落到地面上"的梦想。当别人都觉得这是异想天开时，他没有就此停止自己的梦想，而是为了梦想而更加努力地奋斗。经过反复研究和试验，他最后终于实现了他多年以来的梦想。

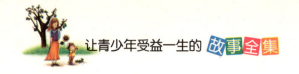

从吸血鬼到输血术

你听说过吸血鬼的传说吗？中世纪时期，罗马教皇英特森诺八世患了中风。他轻信庸医的话，要用健康人的血替换自己的血。于是他残忍地割断了三个健康年轻人的血管，喝了他们的血。可是很快，喝血的暴君仍然因中风病发而死去了。

吸血虽然无效，但输血行不行呢？1665年，英国有个医生用两条狗做输血实验，取得了成功。随后，他将羊血输给一位男青年，结果男青年丢掉了性命。

紧接着，世界各地的医生也进行了这方面的尝试，但奇怪的是，有的人输血后被救活了，有的人输血后病情反而更加严重了。美国著名医学家兰德斯泰纳一直希望能够找到出现这样结果的原因。他从化验血液中的成

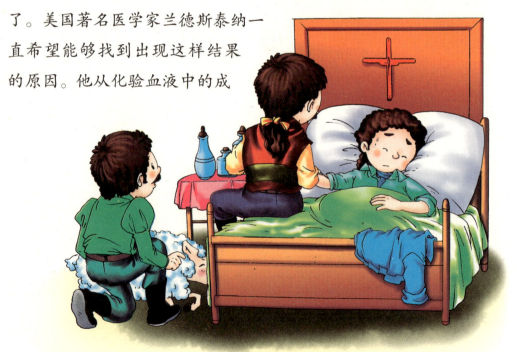

分入手，试图分析它们的作用，但一直没有得到答案。后来，他想：人与人之间输血有的成功，有的失败，是不是因为人与人之间血液存在着差别而造成的呢？于是，他收集了包括自己在内的七个人的血，分别从这些血液中分离出淡黄色的"血清"和鲜红色的"红细胞"。然后，他在六个玻璃小盘中分别滴入自己的血清，再把其他六个人的红细胞分别滴在血清上。有趣的现象发生了：有的血清和红细胞凝结成絮团状；有的血清和红细胞很"愉快"地融合在了一起。

经过进一步研究，兰德斯泰纳揭开了血型的秘密——血液根据血细胞凝结现象的不同可以分成O、AB、A、B四种类型。后来他又发现了安全的输血方法，即输血时以输同类型血液为原则。

要解开几百年的输血谜团，是一件极为困难的事情。当兰德斯泰纳发现从化验、分析血液入手并无进展的时候，他转而去比较不同人的血液之间有何不同。换了一个角度，问题很快就解决了。朋友，当难题解不开时，我们不如尝试着换个角度去思考，说不定问题很快就能解决。

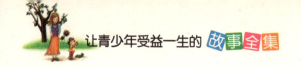

打赌打出的电影

　　1872年的一天，在美国加利福尼亚州的一家酒店里发生了一场激烈的论战。"马在奔跑跃起时始终有一只蹄子着地。"一个人说。"马在跃起的瞬间四只蹄子都是腾空的。"另一个人反驳道。

　　两人争得面红耳赤，于是决定打赌。他们先到跑马场，想当场看个究竟，遗憾的是马奔跑的速度太快，根本无法看清马蹄是否着地。

　　英国摄影师麦布里治听说这件事后，想了

个办法。他用24架照相机在几秒钟内连续拍下马奔跑时的24张照片，结果证明马在奔跑时总有一只蹄子是着地的。而同时，麦布里治偶然快速地抽动了那条照片带，结果照片中静止的马叠成了一匹运动的马，马竟然"活"起来

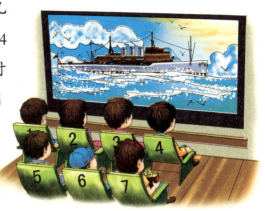

了！就这样，麦布里治在无意之中发现了电影摄影原理。

后来，爱迪生在麦布里治的基础上发明了放映机，但是，这种放映机画面很不清晰，而且不能让很多人同时观看，只能一个接一个地看，非常麻烦。

当时，法国的卢米埃尔兄弟一直在研究电影放映机。1895年，他们在前人的基础上发明出了可供很多人同时观看影片的活动电影机，并用这种活动电影机放映了几部短片。后来，人们把这一天定为电影诞生日，卢米埃尔兄弟被称为"现代电影之父"。

心智启

著名科学家牛顿说过："只有站在前人的肩膀上，我们才能看得更远。"没有英国摄影师麦布里治发现的电影摄影原理，没有爱迪生发明的放映机，卢米埃尔兄弟也很难发明出电影。可见，有很多发明其实是一种改进，朋友们，让我们一起来关注身边的生活，发现不足，然后去改善它。

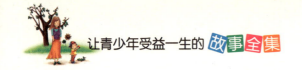

德莱斯林中遇险

德莱斯生活在18世纪的德国，他是一个普通的护林员，并非科学家，但却发明了世界上第一辆自行车。

有一天，德莱斯正坐在森林里的一根圆木上休息。突然，圆木沿着山坡向下滚去。德莱斯吓坏了。他拼命地平衡身体，并两脚蹬地，试图阻止圆木下滑。幸亏山坡并不算陡，圆木滚了一会儿就停了下来。

这一经历让德莱斯萌生了一个想法：如果人坐在轮子上，不就能走得又快又省力吗？于是，德莱斯照这个思路设计了一个简

单的车形：用两个木轮，一个小座椅，还有一个固定在前轮上方起控制作用的车把，制成了一辆轮车。然后，德莱斯尝试骑着轮车上街。由于轮车没有驱动装置，他只有靠两脚蹬地才能使木轮前进，所以看起来滑稽，因此受到了路人的讥笑。不服气的德莱斯找来一位马车夫进行比赛。结果通过同样一段距离，他骑车花了4小时，马拉车却用了近5个小时。事实证明，德莱斯的发明意义非凡。

后来，苏格兰人麦克·米伦在德莱斯发明的基础上发明了脚蹬，并把它与自行车的前轮相连接，制成了第二代自行车。再后来，法国人吉尔梅又发明了链式自行车，制成了既省力又快速的自行车。

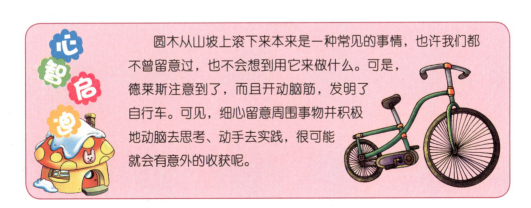

圆木从山坡上滚下来本来是一种常见的事情，也许我们都不曾留意过，也不会想到用它来做什么。可是，德莱斯注意到了，而且开动脑筋，发明了自行车。可见，细心留意周围事物并积极地动脑去思考、动手去实践，很可能就会有意外的收获呢。

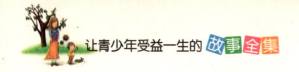

富兰克林击败“上帝之火”

在摩登大楼的顶上通常有一根尖尖的“针”直插云霄，那就是将雷电导入地下的避雷针。它是由美国科学家本杰明·富兰克林发明出来的。

很久以前，西方人认为雷电是“上帝之火”。随着人类的进步和发展，许多人都想用科学的方法揭示雷电的秘密。而第一个做这种实验并取得成功的人就是富兰克林。

1752年7月，富兰克林做了一次令人震惊的实验。他在大雷雨即将到来之前，把一只大风筝放到天空。风筝随风起飞，越飞越高。突然，空中一道闪电划过，富兰克林握风筝线的手猛地感到一阵麻木。紧接着，挂在风筝线下端的铜铃碰撞起来，伴随着阵阵声响冒出点点火花。"成功了！成功了！"富兰克林扔下风筝兴奋地大叫起来。

富兰克林通过这个实验，证实了雷电与普通电完全相同，从而一举击败了"上帝之火"的谣言。后来，富兰克林发明了可以引导收集雷电的避雷针，并建议大家把它安装到高层建筑的顶端。这引来一些保守势力的不满，他们认为直指天空的避雷针是对上帝的不敬。

然而，在几次雷雨之后，一些拒绝装避雷针的教堂着火了，而装有避雷针的楼房却平安无事。于是，人们终于意识到避雷针的重要作用，从此避雷针被广泛地应用起来了。

心智启迪

富兰克林为了揭开雷电的秘密和推翻"雷电是上帝之火"的谬论，敢于挑战传统压力，冒着生命危险来做实验，最后取得了成功。富兰克林的这种挑战传统、敢于冒险的精神，为我们挑战未来做出了很好的榜样。朋友们，带着你的自信和勇气，向未来出发吧！

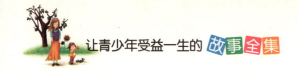
活字印刷术的发明

活字印刷术是中国古代的四大发明之一，你知道它是怎么被发明出来的吗？

话说北宋初年，印刷业还很落后。为了印一本书，刻字工人得每天起早贪黑地在木板上刻字，而且一页纸就得刻一个版，一本几万字的书，得刻几千张版。有时候，刻版工人不小心刻错一个字，这块印版就得重刻。而一本书印完之后，整批印版就报废了。

当时有一个名叫毕昇的刻字工人，他看到在木板上刻字既费时又浪费木料时，就想：有什么办法可以让

印刷变得既省时省力又节约木料呢？有一天，毕昇看到制陶工匠们正在烧制陶具，就想到用泥板来刻字。但泥板的效果同样不怎么好。

一次，毕昇不小心把一块精心烧制出来的泥板给打碎了。看着地上的碎泥板，毕昇灵机一动：我不如先在每一个小泥块上刻一个字，再把它们烧制成一块块的小砖，然后将它们按顺序固定在放有松脂和蜡的铁板上，做成一块活字印版。事实证明，这种方法果然不错，它印出来的字很清晰，而且等书印完了，还可以把一块块的活字拿下来，重新组成新的版面，反复使用。

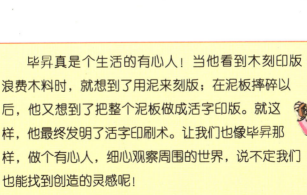

毕昇的发明，不仅大大降低了印刷的成本，而且还大大加快了知识传播的速度。这在当时可真是一项了不起的发明。

心智启迪

毕昇真是个生活的有心人！当他看到木刻印版浪费木料时，就想到了用泥来刻版；在泥板摔碎以后，他又想到了把整个泥板做成活字印版。就这样，他最终发明了活字印刷术。让我们也像毕昇那样，做个有心人，细心观察周围的世界，说不定我们也能找到创造的灵感呢！

图书在版编目（CIP）数据

让青少年受益一生的故事全集．智慧卷 / 龚勋编著
－北京：人民武警出版社，2012.5
（中国青少年枕边书）
ISBN 978-7-80176-810-0

Ⅰ．①让… Ⅱ．①龚… Ⅲ．①故事－作品集－世界
Ⅳ．①I14

中国版本图书馆CIP数据核字（2012）第088633号

让青少年受益一生的故事全集·智慧卷

主编：龚勋

出版发行：人民武警出版社

　　社址：（100089）北京市西三环北路1号

　　发行部电话：010-68795350

经销：新华书店

印制：北京楠萍印刷有限公司

开本：787×1092　1/16

字数：150千字

印张：10

版次：2012年5月第1版

印次：2012年5月第1次印刷

书号：ISBN 978-7-80176-810-0

定价：29.80元